魔幻偵探所

11

九霄驚魂

關景峰 著

新雅文化事業有限公司
www.sunya.com.hk

魔幻偵探所

人物介紹

南森

身分：魔幻偵探所創辦人、領頭羊

年齡：120歲

畢業學校：斯塔福德學院（伏魔系）

學位：博士

捉妖經驗：108年，獲得「捉妖能手」、「怪獸剋星」等稱號

性格：遇事鎮定、善於思考，生氣時聽到幾句好話氣就消了

最具殺傷力的武器：
顯形粉、捆妖繩、無影鋼鐵牆

海倫

身分：魔幻偵探所成員，南森的得力助手

年齡：13歲

畢業學校：劍橋大學（法術系）

學位：學士

捉妖經驗：1年

性格：開朗、逢事觀察細緻，吵架時總讓着本傑明

最具殺傷力的武器：捆妖繩、凝固氣流彈

倫敦貝克街1號有一家 **魔幻偵探所**，
成員們精通魔法，法術高明，在一系列緊張
而又富於冒險性的偵探過程中，他們並肩作戰，
成功偵破了一宗又一宗錯綜複雜、
動人心魄的魔怪案件。

本傑明

身分：魔幻偵探所實習生

年齡：11 歲

就讀學校：牛津大學（捉妖系）

捉妖經驗： 3 個月

性格：聰明淘氣、遇事毛躁

最厲害的戰術：非常規戰術

保羅

身分：魔幻偵探所機械狗

年齡：100 歲

工作能力：無所不知的電腦資料庫，善於用百分比分析事物

性格：異想天開、調皮、懶惰

最喜歡的食物：潤滑油

最具殺傷力的武器：追妖導彈

特級裝備

捆妖繩

能夠對準魔怪迅速旋轉收縮，將它捆緊綁實，繩子一旦落到魔怪身上，就像嵌入肉裏，魔怪越掙脫綁得越緊，當然放繩子時可要放得準才行。

無影鋼鐵牆

這堵牆其實就是氣流，它把氣流變成了無影無形的鋼鐵牆壁，能將敵人困在其中，衝不出去。

顯形粉

這是一種非常神奇的粉末，即使魔怪偽裝、隱形了也完全能顯現出它的原形。對了，「顯形」就是「現出原形」的意思！

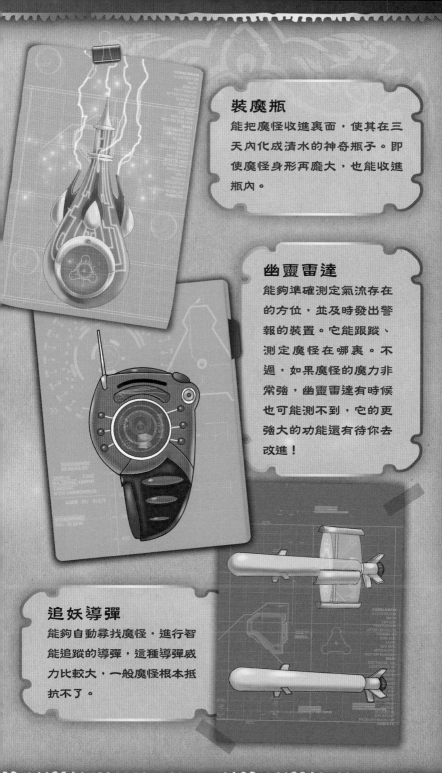

裝魔瓶

能把魔怪收進裏面，使其在三天內化成清水的神奇瓶子。即使魔怪身形再龐大，也能收進瓶內。

幽靈雷達

能夠準確測定氣流存在的方位，並及時發出警報的裝置。它能跟蹤、測定魔怪在哪裏。不過，如果魔怪的魔力非常強，幽靈雷達有時候也可能測不到，它的更強大的功能還有待你去改進！

追妖導彈

能夠自動尋找魔怪，進行智能追蹤的導彈，這種導彈威力比較大，一般魔怪根本抵抗不了。

魔幻偵探開始行動！

目錄

第一章　282航班

「不行，就是不行。」保羅扭着脖子，看上去非常生氣，「這次我説什麼也不待在貨艙裏了，我要和你們一樣，去客艙！」

「老伙計，你和我們在一起真的很不方便。」南森博士在一邊勸道，「萬一我們和你説話被別人看見，人家會以為你是寵物，乘客是不能帶寵物登機的。」

「這我知道，可我都説了好幾次，我保證不説話。」保羅更生氣了，「就像一隻玩具狗一樣，這還不行嗎？」

「這……很難保證。」博士面露難色。

「博士，這次就讓保羅和我們在一起吧。」本傑明抓了抓腦袋，「我保證不和他説話，最多趁人家看不見的時候小聲説兩句，海倫也一樣，是吧，海倫？」

本傑明説着，拉了拉海倫的衣角。

「是，博士。」海倫連忙説，「保羅待在貨艙裏，黑乎乎的，確實不舒服。」

「哼！」保羅聽到這話，背對着博士，閉起眼睛。

「博士……」海倫拉了拉博士的衣袖。

「好啦，好啦。」博士擺了擺手，「那麼老伙計，這次你就和我們一起去客艙，本傑明抱着你，就像是抱着一個玩具，不過千萬不要多說話，我不想引起太多麻煩。」

「噢！」保羅笑着把頭轉向博士，「放心，我不說話……哈，終於可以到客艙去了！」

博士三人此時正在美國洛杉磯的一家酒店裏，他們來洛杉磯，是因為魔幻偵探所的成員接受美國魔法師聯合會西南分會的邀請，博士來給分會的年輕魔法師進行半個月的偵探課程培訓。本傑明、海倫和保羅也一同前來，他們向那些魔法師介紹了自己跟隨博士學習查案的心得，還講述了好幾個實戰案例。這次授課的反響非常好，受訓的魔法師們都覺得學到了很多東西。

來的時候，根據慣例，保羅乘坐飛機時和大件的行李一起被托運，沒有和大家一起去客艙。這不是因為他不能進入飛機客艙，保羅可以拆卸，完全可以把他說成是一隻電子玩具狗。博士擔心的是保羅一旦興奮起來，就會在客艙裏亂跑，如果忘乎所以地跟乘客打招呼，肯定會引起不必要的麻煩，所以偵探所成員乘飛機外出時，保羅都是被當做玩具狗托運進貨艙。

授課已經結束，大家還在洛杉磯玩了幾天，下午他們就要回倫敦了，保羅這次說什麼也不肯去貨艙了，還發了

點小脾氣——他可是一直都嘻嘻哈哈的。沒辦法，博士只好同意把他帶進客艙。

海倫和本傑明都是第一次來洛杉磯，這可是他們嚮往已久的地方。這次他們去了迪士尼樂園、荷里活，還有比華利山，不過很可惜，海倫沒有看到一個大明星，她連簽名簿都準備好了，但不知道荷里活的那些大明星都跑到哪裏去了。

大家睡了一個午覺，起牀後便開始收拾行李。他們要去洛杉磯國際機場，乘搭英國航空公司的班機回國。

收拾行李的時候，保羅搖頭晃腦很興奮地在房間裏跑來跑去。這次外出授課，主要是講授查案的思路，洛杉磯這邊也有和幽靈雷達等功能類似的破案工具，所以此行大家都沒有帶幽靈雷達、顯形粉等破案工具，收拾行李都很快。保羅也沒有帶追妖導彈，所以跑起來也更輕鬆。

「本傑明，這次我們一定要坐到靠窗的位置。」保羅跟在本傑明的身後，「你要抱着我看看外面的景色，嗚——」

說着，保羅還模仿着飛機的轟鳴聲。

「知道了，讓你看個夠。」本傑明有些不耐煩地說道，「你都說了兩次了。」

「準確地說是三次。」保羅搖了搖尾巴，「加上這一

次。」

　　大家很快收拾好行李，飛機是下午5點25分起飛的，美國魔法師聯合會西南分會將派車送他們去機場。

　　「真不想走。」海倫坐在沙發上，看着外面的人行道，「一個明星也沒有碰上，要是能碰上湯告魯斯，再讓他給我簽個名，最好再拍張合照，哇⋯⋯」

　　「拿不到湯告魯斯的簽名不用失望，我本傑明．湯告魯斯可以給你簽個名。」本傑明嬉笑着說。

　　「哈哈哈⋯⋯」博士和保羅全都被逗笑了。

　　「我才不要。」海倫衝本傑明吐了吐舌頭，然後轉頭看着博士，「博士，你也笑我？」

　　「我年輕的時候也追星的。」博士笑着看了看海倫，「我理解你，不過你該知道，那些大明星都不會輕易露面的，即使是在荷里活。」

　　「算了吧。」海倫聳聳肩，「上次湯告魯斯來倫敦，到處都是人，我差點使用魔法飛到他身邊⋯⋯不過我控制住了，魔法不能隨便使用。」

　　正在這時，門鈴聲響起，博士連忙去開門。門打開後，只見一名中年男子站在門口，他是美國魔法師聯合會西南分會的副秘書長羅尼先生，此次博士前來授課，羅尼先生全程陪同，接機的是他，送機的也是他。

「你好，南森博士。」羅尼面帶微笑，「可以走了嗎？」

「可以了。」博士連忙說道，他看了看身後的小助手們，「走吧，出發了。」

大家上了羅尼開過來的汽車，汽車駛上公路，向洛杉磯國際機場駛去。半個多小時後，他們到達了洛杉磯國際機場，停好車，羅尼帶着大家進入湯姆·布蘭得利國際航廈。按照約定，本傑明抱着保羅，一進入航廈，保羅就要一動不動，完全像個玩具。

大家拿着機票換了登機證，本傑明要了個靠窗的位置——保羅要欣賞窗外美景。辦理好了登記手續，博士看了看手錶——離飛機起飛還有一個小時。

「那麼，我們去候機室吧。」博士對羅尼說道。

羅尼送大家去候機室。剛剛走到安檢通道前，大家看見一個身穿制服的英國航空公司職員站在安檢通道前，四處張望着。就在這時，一個提着皮箱的人匆匆走了過來，引人注意的是，那人的身後還跟着一個手持咪高風的女士，旁邊還有個人扛着攝錄機，對着他們拍攝。他們看起來都相當緊張。

「哇，拍電影呀。」海倫兩眼放光，不過她仔細地看了看那幾個人，「好像……都不是明星。」

「原來是拍電視的。」本傑明看着那幾個人說道，「看看那名扛攝錄機的人穿的衣服，上面寫着『哥倫比亞廣播公司』呢。」

「我看見了。」海倫也知道那些人是電視台的，不過她還是饒有興趣地湊了上去。

只見提着皮箱的人把皮箱交給了英國航空的那個職員，兩人打開箱子，説着什麼。手持咪高風的女士站在兩人前面，把咪高風對準自己，攝錄機也對準了她，一羣旅客圍了上去。

「……各位觀眾，這裏是洛杉磯國際機場，英國倫敦大學生物實驗室的一名工作人員，在提取一種罕見的南美樹蛙身體上的毒液時不慎中毒，目前生命垂危。」女主持人一臉嚴肅，「經過多方聯繫，我們得知目前只有洛杉磯萊克生物製藥公司生產治療此種中毒病症的抗毒血清。現在，萊克生物製藥公司正將四支抗毒血清交給英國航空282航班的機組人員，經過12個小時的飛行後，血清將被送往患者所在的倫敦醫院。據悉，血清注射只有在36小時內有效，而且越早使用效果越好，現在距離患者中毒時間已經過去了10小時……我們駐倫敦的記者將會對此事件進行跟蹤報道……」

「英航282航班。」海倫說着看了看機票，「啊，就

是我們這班飛機。」

　　那名英國航空職員此時拿着皮箱，通過一條特別通道走進了候機室。電視台的攝錄機對着他的背影又拍攝了半分鐘，圍觀的旅客才漸漸散去。

　　「羅尼先生，謝謝你送我們來機場。」博士剛才也在看電視台的現場報道，他看了看羅尼先生，說道。

　　「博士，非常感謝你們的到來。」羅尼先生和博士握手，「到了倫敦給我打電話。」

　　「好的。」博士說。

　　「羅尼先生，再見。」海倫和本傑明一起說道，保羅不便開口，對着羅尼晃了晃腦袋。

　　「啊，再見，聰明的小助手們。」羅尼看着大家，笑了。

第二章　遇到克拉克先生

大家在安檢通道前握手告別。羅尼先生沒有馬上離開，而是站在安檢通道前目送博士幾人進入安檢通道，並最後和博士及小助手們互相揮手告別之後才離開。

博士把隨身行李放到了輸送帶上，工作人員要對行李進行X光檢查，保羅也被放了上去，他一動不動。

「哇，好漂亮的小狗。」X光儀後面的一名女安檢員看到保羅，笑着說。

「啊，是很漂亮。」本傑明連忙說，他打開了保羅後背的一塊蓋板，「是電子狗，不是活的，你看，能打開的，裏面有線路板。」

「我知道。」女安檢員笑着點了點頭。

大家通過了安檢，本傑明又把保羅抱了起來，把蓋板給保羅蓋好。

「第十一號登機口。」海倫指了指東面，隨後，她看看本傑明，埋怨起來，「喂，不要太緊張，剛才人家又沒有說保羅是活的。」

「我知道。」本傑明撅起了嘴，「我是怕她多嘴。」

　　説完，本傑明抱着保羅走向十一號登機口，他似乎有些生氣了。

　　「喂，不要生氣。」保羅小聲地説，「你們兩個不吵架不舒服嗎？」

　　「不要説話！」本傑明把頭湊向保羅，眼睛瞄了瞄四周，「否則你又要去黑乎乎的客艙了。」

　　「本傑明，別走那麼快，我們是商務艙的機票，那邊有商務艙休息室……」海倫跟在本傑明身後，喊道。

　　「我就要坐在這裏，我要看飛機起飛。」本傑明坐到了旁邊的椅子上。

　　「馬上就要登機了，就坐在這裏吧。」博士對海倫説道。

　　大家在十一號登機口那裏的座椅上坐好，海倫看了看身邊的博士。

　　「我們這架飛機還有救人的使命呢。」海倫説道，「抗毒血清在我們的飛機上，博士，你説我們的急救水能不能救那個中毒的人呢？」

　　「這個……」博士想了想，「能起到一些緩解的作用，不過急救水的主要功能是救治魔法攻擊造成的傷害。」

　　海倫點了點頭。

　　本傑明出神地望着外面的飛機，保羅真想和大家説話，如果能在候機廳裏跑來跑去，那就更好了！

　　正在這時，一個提着旅行箱的人走了過來，他站在博士面前，看了看博士，又看看海倫和本傑明。

　　「南森博士？」那人問道，他大概有四十多歲的樣子，個子不高，有些禿頂，看上去比較嚴肅。

　　「嗯？」博士站了起來，突然眼睛一亮，「啊，你是克拉克？嗨，海倫，本傑明，這是克拉克先生，我們前幾天見過的……」

　　克拉克先生是美國魔法師聯合會西南分會的執法官，他的工作就是給那些被擒獲的魔怪或巫師定罪。博士他們授課都是在西南分會的辦公大樓進行，克拉克也在那裏工作，前幾天雙方經羅尼介紹，曾見過一面。

　　「我是覺得好面熟呢。」海倫站了起來，「克拉克先生，你好。」

　　「你好。」克拉克對海倫和本傑明報以微笑。

　　「克拉克先生，」博士問道，「你這是去哪裏呀？」

　　「倫敦，我乘英航282航班。」克拉克説道。

　　「啊，和我們同一個航班。」本傑明叫道。

　　「是嗎？」克拉克眉毛一揚，「我還以為你們早就走了呢，授課早就結束了。」

　　「玩了幾天。」博士説道，「這幾個小傢伙可是第一次來⋯⋯」

　　「噢，是要玩一玩。」克拉克點了點頭。

　　「你去倫敦是⋯⋯」博士問道。

　　「去英格蘭魔法師聯合會商討有關魔怪和巫師跨國犯罪的引渡問題。」克拉克回答道。

　　「克拉克先生，你是第一次去倫敦嗎？」本傑明問道。

　　「第五次。」

「那倫敦的摩天輪你去過嗎？在那上面看倫敦可真是一流呢……」

「很遺憾，我沒有去過。」克拉克搖了搖頭。

「本傑明，人家是去工作的，哪像你一樣，就想着玩。」海倫埋怨道。

「的確，我住在洛杉磯，可是連迪士尼樂園都沒去過。」克拉克説道，「有一次參加宴會，還是別人告訴我，我身後站着的人叫湯告魯斯，好像是個大明星……」

「湯告魯斯？」海倫激動起來，她抱着雙拳，苦笑着看看克拉克，「他……他當然是大明星，還能有誰呢？」

「海倫，人家想的都是工作，哪像你一樣？就想着追星。」本傑明不失時機地反擊。

就在這時，一把甜美的聲音傳來。

「飛往倫敦的英國航空282班機就要登機了，請乘坐該航班的旅客前往十一號登機口排隊登機，謝謝。」

「噢，要登機了。」博士連忙拿起自己的皮箱，「我們走吧。」

大家一起走向登機口，已經有一些人在那裏排隊了。很快，登機口的門被打開，幾名機場職員開始檢票。博士三人隨着人羣出了登機口，上了一輛接駁車，接駁車把大家送到了一架大飛機旁。

他們下了接駁車，跟着人羣踏上登機梯，保羅看了看那些乘客，好像沒有誰關注他。

「波音777-200ER型，兩名駕駛員，兩組發動機，長63.7米，寬……寬……寬……」保羅對本傑明介紹起即將踏上的飛機，不過他好像卡住了。

「保羅，不要説話。」海倫小聲説道。

「嗨，那隻小狗好像在説話呢。」海倫身後傳來一把聲音，那是一個頭髮金黃的青年男子，他好像聽見了保羅的説話。

「啊？這是玩……玩具狗……」本傑明的手狠狠地掐了一下保羅。

「會説話的玩具狗很好玩。」那青年眉飛色舞地説，「我家就有一隻，只要電話一響，它就會説，『董事長，接電話。』怎麼樣？很有趣吧？」

「啊，很有趣。」海倫連忙説道，「可是，你是董事長嗎？」

「不，我可不是董事長，我是大明星，荷里活的大明星。」那青年笑嘻嘻地説。

「是嗎？」海倫覺得這個青年非常開朗，但就是不知道他是哪個明星，他好像是在開玩笑。

「你覺得我不像嗎？」

　　「像，很像，很有明星氣質。」海倫連忙說，但是還是不記得那人演過什麼角色。

　　「那下飛機前你告訴我，我演過什麼角色，仔細地想，看看你是不是個真正的影迷。」

「好，我想想看。」海倫笑着説，她覺得金髮青年在和自己開玩笑。

大家登上飛機。上了飛機後，博士三人轉向艙門左側通道，他們乘坐的是商務艙，克拉克先生則轉向右面的通道，他乘坐的是經濟艙。

「那麼，下飛機再見。」分開前，克拉克對博士他們招招手，「放心，倫敦我熟悉，聯合會會派車來接我的。」

「那好，待會見。」博士也對克拉克揮揮手。

博士帶着兩個小助手來到了商務艙，他們把行李放到行李架上，本傑明抱着保羅，把頭靠向了窗戶。

「保羅，你不要太激動。」本傑明小聲地在保羅耳邊説道，「剛才差點被發現。」

「知道了，你怎麼跟海倫一樣愛嘮叨了？小管家！」保羅扭了一下身子。

商務艙陸陸續續地走進來一些乘客，本傑明和保羅透過窗戶看着外面，博士一坐下就開始閉目養神。

海倫數了一下，商務艙裏進來了大概三十多個人，基本坐滿了。她看了看手錶，還有二十分鐘就要起飛。

正在這時，一名機艙服務員走了過來，海倫認得他，他就是剛才交接抗毒血清的那個人，他很年輕，大概

二十五、六歲的樣子，海倫衝他笑了笑。

「各位乘客，你們好，歡迎乘坐英國航空282航班……」廣播裏，播音小姐的聲音再一次傳來，「本次航班飛往英國的倫敦，飛行距離5,442哩，本次航班將於5時25分準時起飛，12個小時後降落在倫敦希思羅國際機場……」

「要起飛了。」本傑明把保羅放到椅子上，「我怎麼有點想睡覺了？」

「你這個大懶蟲。」保羅小聲地説，商務艙的座椅間距都比較大，沒有乘客注意到他倆。

波音777飛機慢慢地滑向了跑道，5時25分，英航282航班衝上雲霄，向倫敦方向飛去。

保羅望着地面，地面上的機場越來越小，公路慢慢地變成了一條條線，汽車變得比螞蟻還小。這次他不用待在黑乎乎的行李艙裏，還是坐客艙有意思。

飛機升空後，安全帶指示燈熄滅，大家都解開了安全帶。本傑明伸了一個懶腰，昏昏欲睡。海倫坐在他身邊，她戴着耳機，在聽音樂，博士坐在他倆身後的位子上，一直閉目養神。

空中小姐送來了晚餐，客艙裏的人都開始吃晚餐了，本傑明不太喜歡飛機上的食物，所以很快就吃完，隨後他

拿了一張小毛毯，披在自己身上。

「海倫，明天見。」本傑明對海倫說道，「晚安。」

「睡吧，大懶蟲。」海倫說道。

本傑明又和博士道了晚安，然後繫上安全帶，把毛毯披在身上，隨後閉上了眼睛。

第三章　魔法師遇害

大概睡了十幾分鐘的樣子，本傑明突然覺得有人在推自己，他很不高興地睜開了眼睛，發現是保羅在用力地擠自己。

「怎麼？擠到你了？」本傑明往旁邊靠了靠。

「不是，我好像聽到經濟艙那邊有聲音。」保羅把聲音壓得極低，經濟艙就在商務艙的後面，「有人在喊叫。」

「不會吧。」本傑明清醒了很多，他仔細地聽了聽，「好像沒什麼呀？」

「不對，好像有什麼事情發生。」保羅豎起耳朵，眉頭皺了起來，「奇怪，這樣的距離我應該能聽清楚的呀。」

「大驚小怪的，也許有人吵架吧。」本傑明滿不在乎地說，「我要睡覺了。」

「不，你去看看……」保羅又使勁推了推本傑明，「我覺得百分百有事發生……」

「喂，你們說什麼呢？」海倫一直在聽音樂，她忽然

26

看到本傑明和保羅在説話，一把扯下耳機，問道。

正在這時，廣播裏突然傳來播音員急促的聲音。

「各位乘客，打擾了，現在有一名乘客突發疾病，如果誰是醫生，請馬上前往駕駛艙後的機組休息室，機組休息室在機艙的頭部。重複一遍，現有一名乘客突發疾病⋯⋯」

保羅和本傑明對視一下，保羅得意地揚了揚脖子。

「怎麼會有這種事？」海倫站了起來，她看了看後面座位上的博士。

「很難説。」博士説道，「什麼事情都可能發生。」

正在這時，一名年紀稍長的空姐引路，兩個像是乘客的人抬着擔架走了過來，擔架上躺着一個蓋着毛毯的人，他們向駕駛艙方向走去。

「請大家讓讓。」那名空姐語速急切。

商務艙的乘客幾乎都站了起來，大家都看着那個躺在擔架上的人。擔架經過博士三人身邊的時候，博士三人全都驚呆了，躺在擔架上的正是克拉克先生——美國魔法師聯合會西南分會的執法官。

海倫瞪大眼睛，和博士對視着，博士也感到非常震驚，一時説不出話來。

本傑明看了看保羅，保羅眉頭緊鎖。

擔架被抬了過去，跟在擔架後面的正是那個交接血清的機艙服務員。

「是不是需要醫生？」一個匆匆趕來的人問擔架後面的那名機艙服務員。

「是的。」那名機艙服務員馬上說。

「我是倫敦皇家馬斯登醫院的心內科醫生，請問能不能幫上什麼忙？」趕來的人問道。

「請跟我來，我們要把病人先抬到機組休息室去。」那名機艙服務員說道，「謝謝你的幫助。」

「應該的。」

擔架被抬進了頭等艙，機組休息室就在駕駛艙和頭等艙之間。

「克拉克先生？」海倫表情複雜，「博士，他身體這麼不好？」

「我也不知道呀。」博士搖搖頭，他突然想起了什麼，「啊，急救水，也許能有用。」

博士說着掏出了急救水。急救水和那些破案工具不一樣，他們會隨身攜帶。

博士拿着急救水也趕了過去。此時，擔架已經被抬到了機組休息室，頭等艙的乘客裏也有一名醫生，他已經在機組休息室等着了，克拉克被抬到後，兩名醫生已經對克

拉克展開了急救。

博士匆匆地趕了過去，剛才那名年輕的機艙服務員看到博士前來，連忙迎上來。

「你好，你是醫生？」機艙服務員問道。

「我不是醫生，不過我認識病人。」博士說道，他舉着手中的急救水，「我這裏有一些很管用的藥水……」

「啊！你認識病人？」那名機艙服務員興奮地問。

「是的，登機前我們還在一起，但我們不在同一個艙位……」

就在這時，那名倫敦的醫生站了起來，他走到機艙服務員的身後。

「對不起。」那醫生低聲說道，「我想已經沒有辦法了，他死去應該有半個小時了。」

「啊？」機艙服務員和博士一起叫了起來。

「什麼原因？」博士急促地問。

「窒息。」醫生說，「也許是心臟病引發的……我們檢查過了，他確實沒救了，屍體都已經開始僵硬了……」

「我能不能看看。」博士邊說邊擠了過去，也不管人家答應不答應。他緊緊地握着急救水，期盼急救水能起到作用。

那名機艙服務員和醫生都沒有阻止他。克拉克躺在機

組休息室的牀上，一動不動，另外一名醫生無可奈何地站在那裏。

博士靠近了克拉克，伸手在他脖子上摸了摸，又查看了他的瞳孔。他的心完全涼了，作為一名有實力的魔法師，他很快就判斷出克拉克已經死亡，再多的急救水也救不了他。

「怎麼會這樣？」博士看了看那名機艙服務員，「登機前他還好好的呢。」

「我也不是很清楚。」那名機艙服務員一臉無奈地説，「有名乘客説經濟艙左邊的那個洗手間一直打不開，還有名乘客説好像有人進去就一直沒出來，我就去敲門了，裏面一直沒有回應，我打開了門，就看到他倒在地上。」

「怎麼回事？」一把聲音突然傳來，只見一名身着制服的中年男子走了過來，他身旁還跟着一名年紀稍長的空中小姐。

「機長！」那名機艙服務員連忙站了起來，「一名乘客突發疾病死亡了。」

「啊？」機長和空中小姐都非常驚訝，不過機長很快恢復了鎮靜，「確認死亡嗎？」

「是的，兩名醫生已經確認患者死亡。」機艙服務員

說道，「一名倫敦的醫生，還有一名是洛杉磯的醫生。」

「是否傳染病？」機長又問。

「不是傳染病。」那名倫敦的醫生說道，「這點我可以確定，患者是窒息死亡，也許是心臟病引發的，不過具體原因只能到醫院做進一步的檢查了。」

「噢。」機長點了點頭，他看了看那名機艙服務員，「把死者包起來，有什麼事馬上通知我。」

說完，機長走回駕駛艙。

「是不是傳染病你們就要緊急降落呀？」機長走後，洛杉磯的醫生問那名機艙服務員。

「是的。」機艙服務員回答道，「根據規定，機上突發傳染病或是有患者需要緊急醫治，是要緊急降落的。」

「真是遺憾，要是早發現，也許……」洛杉磯的醫生輕輕地搖了搖頭。

博士站了起來，他已經把急救水放進了口袋，突然，他發現克拉克有些禿頂的頭部頂端有一些紅斑，紅斑的面積還不小。他用手分開克拉克的頭髮，紅斑更加清晰了，博士的手抖了一下，不過他馬上不露聲色地把手縮了回來。

「也只有這樣了。」那名機艙服務員看看大家，「謝謝你們，下面的事情由我來處理吧。」

「那我們走了。」兩名醫生一起説道。

「嗯，這件事也許會引起不必要的恐慌，希望你們回到座位後不要張揚。」機艙服務員提醒道。

「知道了。」兩名醫生一起説。

「先生，你好像認識他，請你留一下。」機艙服務員對博士説道。

博士點了點頭，他坐在死去的克拉克身邊，看着克拉克的頭頂。

機艙服務員和空姐送走了兩名醫生，再次回來。

「這位先生，你説你認識……」機艙服務員一回來就問博士。

「我認識他。」博士擺了擺手，打斷了機艙服務員的話，他非常嚴肅，「有一件事情我要告訴你們，希望你們保持鎮靜！對了，請問你們的名字？」

「我叫大衛，是飛機上的安全員，負責保安工作。」年輕的機艙服務員説道，他察覺到有什麼問題。

「我叫茱莉亞，是本次航班的乘務長。」那名年長的空中小姐跟着説，她的語氣有些慌亂。

「我是倫敦魔幻偵探所的南森。」博士自我介紹道。

「南森博士？」大衛好像想起了什麼，「我、我聽説過你。」

32

「很好。」博士說道，他看了看茱莉亞，「茱莉亞小姐，你能不能去把機長找來？事情很嚴重。」

「好、好的。」茱莉亞頓了頓，隨後去找機長了。

「大衛先生，你能不能去把商務艙左側第二排那兩個孩子叫來，一男一女，男孩抱着一隻玩具狗，他們是我的助手。」博士對大衛說道。

大衛點了點頭，出去了。

很快，機長被找來，他看着博士，上下打量起來。這時，大衛帶着本傑明和海倫也來了，本傑明還抱着保羅。

「你是南森博士？」機長盯着博士仔細地看了一會，忽然，他揚起了頭，「啊，是你，我在電視上看過你的報道，不過那是半年前了，我是機長邁爾斯……」

「既然這樣，我就不用解釋我的工作了。」博士接着指了指本傑明和海倫向機長介紹了他們。機長幾人連忙對海倫和本傑明點了點頭。

「我認識死者。」博士指了指克拉克，「他叫克拉克，是美國魔法師聯合會西南分會的魔法師，他的死亡確實是窒息，但不是什麼疾病引起的，他是被魔怪或巫師暗害的，這架飛機上有魔怪或巫師，也許不止一個！我不是在開玩笑！」

博士的話像是夏日突發的驚雷，震動了在場所有的

人。小小的機組休息室就像是被南極的冰峯凍住了一樣，沒有一絲聲響，連人們的呼吸似乎都靜止了。

　　過了十幾秒鐘，在場的人裏，有些看着博士，有些看着死去的克拉克，不過誰都沒有說話，大家全都在努力地使自己恢復平靜。

　　「你⋯⋯你説的話⋯⋯我⋯⋯我不是很明白。」終於，機長率先開了口，他似乎失去了平日的沉穩。

　　「死者頭上的紅斑，大家可以看一下。」博士説着分開克拉克頭頂的頭髮。

　　「啊？」海倫叫了起來，「空氣凝結術？！上次我們破的藍寶石案，狐妖就是使用這種招數害死人的。」

　　「邁爾斯機長，」博士解釋道，「這種特有的紅斑並不是什麼胎記，這是魔怪或巫師使用一種叫『空氣凝結術』的巫術襲擊被害人後，被害人的頭頂留下的特有痕跡。上飛機前我和克拉克曾在一起，他頭上並沒有這種紅斑，『空氣凝結術』就是讓被害人頭部附近的空氣突然凝結，造成被害人窒息死亡。你們也許不知道，只有魔怪和巫師才會使用『空氣凝結術』這種魔法，這是一種非常狠毒的邪惡法術。」

　　「你説的『空氣凝結術』真的造成他的死亡？」邁爾斯緩緩地問。

34

「從紅斑可以判斷出來。」博士耐心地說，「我已經不是第一次接觸這種痕跡了，這種紅斑痕跡有獨特的特徵，當然，這要我們魔法偵探才能辨別。另外，登機前我和克拉克在一起，他一切正常，他的突然死亡應該和突發疾病無關，而能夠謀害一個魔法師，普通人很難做到。」

「你是說我們的飛機上有魔怪？」茉莉亞渾身發抖，臉色一直煞白。

「或者是巫師。」博士點點頭，「應該就在乘客當中！」

「那該怎麼辦？」大衛急切地問，「這飛機上有三百多人呢。」

「請放心，我們魔法偵探絕對不會袖手旁觀！」博士環視了一下大家。

「我們就是降妖除魔的！」保羅突然開了口，此時，他也沒必要隱瞞身分了。

「啊？」機長他們看着保羅，又被嚇了一跳。

「不要怕，我是機械狗。」保羅晃晃腦袋，「也是博士的助手之一！」

看到這樣神奇的小狗，機長幾人一下子放鬆了許多，他們慶幸遇到了博士和他的小助手們。

「南森博士，那麼就由你來處理這個案件吧。」邁爾

35

斯想了想説，「不過我要先徵求一下你的意見，你看我們是不是要馬上降落？」

「這個⋯⋯」博士搖了搖頭，「你們飛機是不是還有運送抗毒血清的任務？」

「是的。」大衞連忙點點頭。

「剛才在安檢口，我看到了電視台的現場直播。」博士説，「不光我看到了，那個隱藏起來的兇犯也有可能看到了。飛機要趕時間送血清，而且兇犯使用了這樣狠毒的巫術，肯定也確定克拉克已經死亡，如果我們突然降落，兇犯肯定會有所懷疑，一旦他有所察覺，不知道他會有什麼瘋狂舉動，這樣危險可能會更大。現在我們的優勢就是兇犯不知道這架飛機上有魔法偵探，而且魔法偵探已經知道他的存在！」

「嗯，你説得對。」邁爾斯覺得博士分析得很有道理，「那你説怎麼辦？我們聽你的。」

「我們先要分析一下案情⋯⋯」博士説道，他忽然想起了什麼，「噢，機長先生，你離開了駕駛艙，沒事吧？」

「沒事，現在飛機處於自動駕駛狀態，再説還有副機長呢。」

「那好。」博士看了看手錶，「現在已經飛了兩個多

小時了，我們還有不到十小時的時間。大衛先生，你能詳細講述一下發現克拉克時的情況嗎？」

「噢，是這樣的。」大衛點點頭，「剛才有名乘客抱怨，經濟艙左邊洗手間的門打不開，好像一直有人在裏面，我當時有些緊張，就去敲門，這時洗手間旁邊座椅上的一名乘客告訴我說，他看到一個人進去後就再也沒有出來，我敲了幾下門，沒人回答，就用鑰匙開了門，發現死者倒在裏面，背靠着艙壁，緊閉雙眼，沒有呼吸，喊他也

沒反應。這時茉莉亞也趕來了，我們找來了擔架，還請了兩名乘客幫忙，把死者抬了過來，另外的一名播音空姐廣播了找醫生的通知，大概情況就是這樣的。」

「看到克拉克進洗手間的那個乘客有沒有說他進去多長時間了？」博士聽完大衛的描述後問道。

「說了，他說克拉克進去半個多小時了。」

博士微微地點了點頭，他瞇起了眼睛，大家都看着他。

「估計是他一進去就被魔怪暗害了。」博士環視着大家，「他根本就沒有防備。他這樣的執法官，是會得罪一些魔怪和巫師的，謀害他的兇犯是有預謀的。」

「怎麼找出那個傢伙呢？」邁爾斯機長急忙問。

「幽靈雷達沒有帶來。」博士看了看本傑明和海倫，隨後望着保羅，「沒關係，我們的機械狗保羅身上有魔怪預警系統，可以不露聲色地探測出魔怪或巫師的方位。」

「那太好了！」邁爾斯、大衛，還有茉莉亞都興奮起來。

「保羅，開啟魔怪預警系統。」博士說道，隨後他用堅定的目光看着本傑明和海倫，「鎖定兇犯後，我們悄悄接近他，一起出手，出狠招，當場擊斃他，盡最大可能不在飛機上和他打鬥！」

「要是有兩個魔怪呢？」本傑明急着問。

「那就先引開一個，分別解決！」博士果斷地說，「我們先要測定魔怪的方位和數量，本傑明，你抱着保羅，從這裏一直走到機尾，沒人會注意你們的，這麼小的空間，一定能把他找出來……」

「博士、博士！」保羅突然拉了拉博士的褲腳，「魔怪預警系統啟動失敗！」

第四章　變成空姐的博士

「啊？」博士大吃一驚，他打開了保羅後背上的蓋板，「怎麼會這樣？」

「啟動了兩次，都失敗了。」保羅垂頭喪氣地説。

大家的心又都懸了起來，他們都緊張地看着博士。博士在保羅的後背上調試着，忽然，他抬起頭看了看本傑明。

「本傑明，剛才經過安檢通道的時候，你是不是把保羅的蓋板打開了？」

「是……是呀。」本傑明慌慌張張地説，「我想告訴那名安檢員，保羅是電子狗，不是活的寵物，我怕她不讓保羅上飛機……」

「我知道了。」博士站了起來，「安檢的X光對一般的電子產品沒有任何影響，但是保羅就不一樣了，他是一架超精密的機器，結構和普通電子產品不一樣，非常敏感。X光會對他的機芯造成一定影響，蓋板本來能擋住X光或其他射線的照射，現在保羅的電子系統出現了故障，很多功能受到了影響，魔怪預警功能就在其中……」

　　「我説怎麼剛才讀不出波音777的機型資料呢。」保羅跟着叫了起來，「本來搜索這種資料是我的拿手好戲，啊，不，我的超敏感聽力也受了影響……」

　　「我……我真不知道會這樣，我不太了解保羅的結構……」本傑明臉都紅了，一副要哭的樣子。

　　「這不關你的事。」博士摸了摸本傑明的頭，「我

沒和你說過這事，剛才我也沒有制止你，其實我改進過幾次保羅的抗輻射功能，本來以為成功了，現在看來還是不行。我已經讓保羅的電子系統進行自動修復，但是要24小時後才能恢復所有功能。」博士說道，「人工修復只要十分鐘，可儀器在倫敦……保羅，以後發現系統有異常，要馬上開啟自我檢測功能，把檢測資料告訴我。」

「知道了。」保羅低下了頭。

「現在該怎麼辦？」本傑明焦急地問。

「幽靈雷達沒有帶，顯形粉也沒有帶……」博士抱着雙臂，若有所思，「就是帶了顯形粉，也不能逐個灑在乘客身上……」

博士陷入了沉思中。

「邁爾斯機長，你先去駕駛艙吧，我會想辦法的。」過了一會，博士神情平緩地說，「啊，如果不麻煩，這個休息室能不能做我們臨時的辦公室？」

「沒問題。」邁爾斯說。

「好。」博士點點頭，他把頭轉向大衞，「大衞先生，能不能把機艙的座位布局圖給我看看，還有今天飛機上乘客的數量和機組人員數量也要告訴我。」

「好的。」大衞連忙說，「我去拿座位布局圖。」

「茉莉亞小姐。」博士又看看乘務長，「你可以在

客艙裏巡視一下，但千萬不要露出什麼恐慌的表情，更不能張揚發現了魔怪。如果發現有哪名乘客有異常，就告訴我。」

「知道了。」茱莉亞努力地使自己恢復常態，轉身走了。

博士坐在休息室的牀上，這間休息室很狹小，上下各有一張能睡兩個人的牀。因為是12小時的長途飛行，這裏是安排給機組人員休息的場所。

大衛很快就拿來了一張座位布局圖，他把那張圖攤放在一張摺疊桌上，開始介紹飛機的座位分布。

「這架飛機是三艙布局，頭等艙20人，商務艙32人，經濟艙287人。」大衛指點着那張分布圖，「機頭是駕駛室，駕駛室後面就是這間機組休息室，機組休息室後是頭等艙，頭等艙後是商務艙，再後面就是經濟艙了，機尾還有一個機組休息室，主要是給空姐休息的，和這裏差不多大。」

博士看着那張圖，點着頭，仔細地聽大衛的講述。

「這架飛機一共能乘坐319人，今天的上座率為85%，實際搭載了268名乘客，三個艙都有空位了，機組人員一共15名。」大衛繼續説道，他指了指一個位置，「我查了一下，這裏，經濟艙第15排D座，就是克拉克先

生的座位……這裏是他遇害的洗手間。」

本傑明和海倫也認真地聽着，克拉克遇害的洗手間在飛機的中後部。

「很好。」博士低着頭，小聲地説，他的眼睛一直沒有離開那張圖。

又是一陣寂靜，博士看着那張圖，手指還在圖上點了幾下。

「克拉克坐的是經濟艙，兇犯也在經濟艙的可能性極大。」博士指了指圖上的經濟艙，「也許就在克拉克的附近，這樣便於觀察克拉克的行蹤。」

大家都點着頭，表示同意博士的看法。

「這個區域坐滿了人。」大衛説道，「要找出那個兇犯……」

「不容易。」博士接過話説，説完，他又低下頭，沉思起來。

英航282航班高速飛行在黑壓壓的萬米高空，渾厚的雲層似乎要阻攔飛機的前行，飛機不顧阻擋，穿行在雲層中。

飛機起飛已近三個小時，客艙中，已經有一些乘客開始入睡了。沒有入睡的乘客有的看書，有的看電視，還有的低聲閒談。整個機艙顯得非常安靜。他們哪裏知道，這

萬米高空之中的飛機裏，正隱藏着兇犯，而且不是一般的兇犯，而是魔怪或巫師。

博士陷入沉思之中。這次意外是意想不到的，這也導致魔法偵探們毫無準備，保羅的電子系統暫時受損，更加重了對這次事件的處置難度。時間一秒秒地過去，博士還在思考着，他一定要找到兇犯，也許兇犯正在謀劃着第二次的犯罪，也許兇犯的下一步行動會影響整架飛機的安

魔幻偵探們毫無準備，保羅的系統又暫時受損，到底該怎樣找出兇手呢？

全。博士知道，無論是機長，還是自己的小助手，此時都一定很着急，但是自己這個時候千萬不能着急，只有沉住氣，才能找到解決問題的辦法。

現在的困難就是要在兩百多名乘客中識別出兇犯，同時還不能驚動乘客，博士苦苦地思考着。

正在這時，茱莉亞走了過來。

「博士，南森博士。」茱莉亞輕聲叫道。

「嗯！」博士抬起頭，看了看茱莉亞。

「我在機艙裏巡視了兩遍，沒有發現有異常行為的乘客。」

「噢，知道了。」博士對茱莉亞淡淡一笑，「謝謝你。」

忽然，博士的眼神停住了，他的目光聚集在飛機機艙上方。

「南森博士？」茱莉亞有些驚訝，輕聲問道。

博士猛地擺了擺手，示意茱莉亞不要說話，過了幾秒鐘，博士突然笑了笑，他看了看茱莉亞。

「還有什麼事嗎？」博士問。

「有幾個乘客問我死者的情況。」茱莉亞說道，「我說死者情況不好，這樣說可以嗎？」

「可以。」博士點點頭，他站了起來，「茱莉亞小

姐，你把機長找來，有事情商量。」

茱莉亞答應一聲，連忙去找機長。

「博士，你是不是想到辦法了？」海倫興奮地問。

博士擠了擠眼睛，嘴角露出一絲笑容。海倫和本傑明頓時笑了起來，根據經驗，博士一定是有了辦法。

這時，茱莉亞和邁爾斯走了過來。

「南森博士，你找我？」邁爾斯一看到博士就問。

「機艙的溫度可以調節，對吧？」博士説着把手伸到頭頂的冷氣機出風口，摸了摸那個出風口。

「可以的。」邁爾斯點點頭。

「一般機艙溫度在多少度？」博士又問。

「一般在22至26℃之間，現在機艙的溫度是25℃。」

「升到35℃以上！」博士説着用手比劃了一個上升的動作。

「啊？」邁爾斯大吃一驚，其他人也都愣住了。

「聽我説。」博士示意大家不要吃驚，「巫師的體溫和魔怪的體溫都在30℃以下，這是他們長年練習邪惡法術或吸食魔藥所致。他們有一個共同特點，就是冷暖對他們影響不大，甚至沒有影響，零下20℃他們不會覺得太冷，40℃的高溫他們也不會覺得熱。如果我們把機艙溫度快速提升到35℃以上，普通乘客肯定都受不了了，這樣狹小的

空間，他們會掀掉毛毯或減少衣服，身上出汗，還會抱怨投訴。注意，魔怪和巫師應該是無動於衷的，他們不知道我們採取這樣的方法來找他們，我們要做的就是把無動於衷的人識別出來……」

「博士，我明白你的意思了！」保羅沒等博士說完，就搶着說道。

「這真是一個好辦法。」邁爾斯也點着頭說，一個難得的笑容在他臉上一閃而過。

「但是乘客們暫時要吃點苦了。」博士無可奈何地說，「可是也沒有其他什麼辦法了。我們安排好，找到懷疑對象就立刻降溫，不過降溫的時候要慢慢降，我怕溫度忽熱忽冷，有些乘客受不了。」

「那好，就這樣做。」邁爾斯用敬佩的目光看着博士。

「這樣，」博士進一步指示道，「邁爾斯機長，五分鐘後開始升溫。海倫，你去頭等艙，看看誰會無動於衷。本傑明，你和保羅去商務艙。茱莉亞、大衛，你們和我負責經濟艙。」

「那好，五分鐘後升溫。」邁爾斯連忙說。

「嗯。」博士想了想，他看了看自己的衣服，「我這個樣子在經濟艙轉來轉去，可能會引起懷疑的。」

　　的確，頭等艙和商務艙比起經濟艙，要小很多，海倫和本傑明的觀察基本上能一目了然，但是博士需要在經濟艙裏來回走動。

　　「博士，變化。」海倫笑着提醒道。

　　「對，變化。」博士說着，看了看茱莉亞。

　　茱莉亞被博士看得有點不好意思，她不知道是怎麼回事，只是傻傻地看着博士。

　　「就你這個樣子吧。」博士上下打量着茱莉亞，然後閉上了眼睛，唸了一句口訣，「變身變形，參照物在眼前。」

　　茱莉亞還是一臉不解地看着博士。三秒鐘過後，「唰」的一下，她面前的博士不見了，一個有些胖的空中小姐出現在大家面前，這個空中小姐四十多歲，穿着和茱莉亞一樣的制服，那樣子就像是南森博士的妹妹，她還戴着一副眼鏡。

　　「啊？」邁爾斯、大衞，還有茱莉亞都驚叫起來，他們被眼前的一幕驚呆了。

　　「眼鏡要拿下來。好像沒有空中小姐戴眼鏡的，對吧？茱莉亞。」本傑明笑着說。

　　「啊，是……」茱莉亞眼睛發直，「你是……南森博士？」

「我是南森。」博士笑了笑，略帶歉意，「對不起，我的變化術不是很高超，也不經常使用，大家看我這樣子還可以吧？不過可不能脫下眼鏡。」

「很好，很好。」邁爾斯連忙説。

「我還以為機組多出來一位空姐呢。」茱莉亞誇讚道，「不會有誰發覺你是變出來的，只是……」

「什麼？」博士馬上問。

「聲音有點粗……」

「你好，你好……需要幫忙嗎？」博士調整着嗓音，聲音變得細了很多。

「好，這樣就好了。」茱莉亞連忙説道。

「謝謝。」博士説着走了幾步路，看上去不是那麼自然，博士抬起了腳，低頭看了看鞋，那鞋已經變成了和空姐穿的一樣的高跟鞋，「穿着高跟鞋走路，還有這條裙子，真不舒服。」

大家都笑了起來，博士又走了幾步，看上去好了很多，他完全變成了機組裏的空姐。

「大衞、茱莉亞，」博士調整好自己的走路姿態後，就開始安排任務，「你們先去和機組其他人員打個招呼，讓他們遇到一位不認識的空姐不要驚慌，更不要問東問西……還有，你們在頭等艙給海倫找個位置，讓

她在那裏觀察。」

　　「好的，我們先去了。」大衞和茱莉亞答應道，海倫和他們一起走了出去。

　　「機長，你回駕駛艙吧，可以升温了。」博士又説道。

　　邁爾斯答應一聲，也走了。

第五章　發現目標

博士和本傑明一起穿過頭等艙，向機尾方向走去。海倫已經被安排坐在一張空椅子上，她看到本傑明和一名「空姐」走過來，假裝沒在意。博士和本傑明來到了商務艙。本傑明抱着保羅，坐在自己的座位上。溫度還沒有升高，不過本傑明已經警惕地觀察着商務艙裏的乘客。

博士在本傑明身邊短暫停留了一下，他倆對視一眼，互相點點頭。博士離開了商務艙，來到商務艙和經濟艙之間交界處，這裏有個拉着門簾的廚房，正好把商務艙和經濟艙分開，博士沒有急於進經濟艙，他把手伸向頭頂一個冷氣機出風口，那裏吹出來的風已經有些熱了。

正在這時，兩名空姐拉開門簾走了進來，她倆都用奇怪的目光望着博士，博士朝她倆笑了笑，兩名空姐也對博士笑了笑，隨後走進了商務艙。看來大衛他們已經通知那些同事了。

博士定了定神，拉開門簾，走進經濟艙。他站在經濟艙的第一排座椅前，目光掃射了一下客艙，沒有誰在意這個出現在眼前的「空姐」，她不過是一名巡視中的機艙服

務員。此時距離飛機起飛有三個多小時了，大部分乘客還都沒有休息。

博士那犀利的目光沿着座椅一直伸向飛機尾部，這裏有二百多名乘客，所有乘客的活動不可能被盡收眼底，博士看到大衛在一個洗手間前站着，便向大衛那邊走去。

剛走了幾米，一隻手突然伸了出來，博士嚇了一跳，連忙站定。

「小姐，能不能再給我一張毛毯，我睡覺的時候很怕冷。」一位年長的夫人對博士說道。

「啊⋯⋯好的，你稍等。」博士連忙說，他剛才差點忘了自己的身分，空姐在客艙的巡視中是要為乘客提供服務的。

博士快速向機尾走去，他來到設立在經濟艙後面的機尾廚房，在那裏，正好碰上茱莉亞，博士對她傳達了乘客的需要。

「過一會她就不要了。」茱莉亞苦笑一下，找出來一條毛毯，遞給博士。

博士接過毛毯，此時，他已經感到氣溫有些升高了。

把毛毯拿給那個乘客，博士又開始巡視了，他走得很慢，眼睛不停地看着那些乘客。經過遇害的克拉克先生的座位時，博士走得更慢了，他仔細地觀察着克拉克座位周

邊的那些人，但是沒有發現什麼異常。走了幾分鐘，他來到了經濟艙的尾部，突然，一名乘客引起了他的注意。那名乘客靜靜地靠在座椅上睡覺，手壓在毛毯外，他的雙手尖尖長長的，指甲也又尖又長，那人的臉色暗紅，有巫師的一些外部特徵，當然，博士也知道不能以貌取人。

博士走了過去，他彎下腰，看了看那人身邊的一名乘客，那名乘客正瞪着眼睛，望着天花板。

「有什麼需要幫忙嗎？」博士問道。

「噢，沒什麼。」那人用手摸了摸頭頂的冷氣機出風口，「好像吹的是熱風，不過……沒什麼，也許一會就好了。」

「噢，那就好。」博士微笑了一下，他仔細地看了看那個睡着的人，但沒有發現什麼異常。

博士站起身，走到機尾。他發現機尾這裏的空座位有很多。此時，機艙裏已經明顯地熱了起來，氣溫正在快速升高。

大衛也來到了機尾的廚房前，和博士拉開門簾，一起進入廚房。廚房裏坐着三名空姐，她們看到大衛和博士，都報以微笑。

「南森博士，我沒有發現什麼異常。」大衛説着，「不過異常馬上就要來了，真是熱呀。」

「估計現在有30℃了，我們馬上去機艙，看看有什麼情況。」博士小聲地說道，「記住，要沉住氣，仔細觀察。」

「好的。」大衛認真地點點頭，先出去了。

　　大衞走後半分鐘，博士也走了出去，他慢慢地向機頭方向走去，此時整個機艙已經熱了起來。一些乘客開始掀開身上的毛毯，還有的乘客已經脱去外衣。

　　博士仔細地觀察着情況，除了有些還在睡覺的乘客，

醒着的乘客已經開始發牢騷了，博士聽到身邊的一名乘客喊熱，不過他假裝沒聽到，繼續向前走去。

前方，茉莉亞被一名乘客攔住，那名乘客在向她抱怨機艙溫度有些高。茉莉亞耐心地聽着，不住地點頭。

博士向機頭方向走去，此時機艙的溫度應該達到了35℃，有些乘客已經開始大聲抱怨了，博士就快走到商務艙的時候，一名乘客一下攔住了他。

「喂，小姐，熱死了，為什麼這麼熱？」一名體態健碩的乘客一邊脫外衣，一邊不滿地說道，「快去反映一下，真是受不了！」

「就是，你們這是客機，不是桑拿浴室！」另外一名乘客大聲叫道。

「哈——」附近的乘客都哄笑起來。

「我知道，抱歉，我去看看是怎麼回事。」博士說着走向商務艙。

到了經濟艙和商務艙交界處的廚房，博士立即轉身，悄悄地把門簾拉開一條縫，看着經濟艙的情況。廚房裏有一名空姐，正在向駕駛艙打電話，報告說客艙氣溫太高。博士他們的計劃，沒有通知不知情的機組人員。

博士看着經濟艙的情況，那裏的乘客都明顯地煩躁，睡覺的乘客也大都被熱醒，機艙裏非常吵鬧。博士估計

此時機艙溫度已經達到了35℃以上，他自己也感到悶熱難當。

博士查看了一會，拉開門簾走了出去。

「喂，怎麼回事？」一個男子看到「空姐」，站起來揮着手臂大喊着，「為什麼這麼熱？」

「馬上就好了，冷氣機出了點小故障，正在調整，氣溫馬上就會降下來，請大家放心。」博士對那名只穿了一件襯衫、滿頭大汗的乘客微笑着說，「不要着急，請再等待一下。」

「我要向你們公司投訴！」又有一名乘客喊道，「我一定要投訴，這裏像是烤爐，這就是你們英航的服務水準？」

「對不起，實在抱歉。」博士連忙彎彎腰，表示歉意，他邊說邊看着四周。他發現很多乘客已經出汗了，而且大都面色通紅，這當然是氣溫忽然升高造成的人體反應。

面對抱怨的乘客，博士一邊安慰着他們，一邊向機尾走去，經過克拉克座位的時候，博士特別留意了一下那裏的乘客，那些乘客同樣都在抱怨，很多毛毯被扔在地上。另外一邊的通道上，茱莉亞也在安慰着那些情緒激動的乘客。

　　突然，一個人映入了博士的眼簾，只見這個人靜靜地靠在座位上，兩眼微微地閉着，似睡非睡。同其他人不一樣，那人臉色正常，沒有一滴汗，他還穿着外衣，毛毯搭在腿上，似乎跟這個火爐似的機艙隔離開來一樣。

　　博士心裏一震，不過他不露聲色，他一邊安慰着那些乘客，一邊慢慢走到了那個人的座位旁。那人的座位在飛機的左側，靠着窗戶，靠窗有兩個座位，那人的身邊還坐着一個頭髮金黃的青年男子，金髮男子看到博士到來，苦笑了一下。

　　「我說，我好像是在非洲。」金髮男子兩手一攤，向博士抱怨道，他滿頭是汗，也只穿了一件襯衣。

　　「實在抱歉。」博士停下腳步，他的眼睛掃射着金髮男子身邊的那人，「請稍等片刻，機長已經在處理了，馬上就好。」

　　「噢，但願如此。」那青年又苦笑了一下，隨後無奈地聳了聳肩膀。

　　博士又停留了幾秒，他一直看着那個似睡非睡的人。隨後，博士快步離開那裏。

　　「喂，你們的服務真是熱情似火呀！」一名乘客突然從座位上立起來，他手裏拿着一條毛巾，不停地擦汗，看見「空姐」走來，一下攔住了博士。

「馬上就好！」博士一字一句地説，「我保證！」

「那……好吧！」那人揮揮手，坐了下去。

博士一邊觀察，一邊向機尾走去。他看到乘客不是汗流滿面就是紅光滿面。在經濟艙的後端，博士遇到了大衛，兩個乘客正拉着大衛訴苦，博士走過去，安慰了幾句，隨後他拉着大衛走進了廚房。

「我鎖定了一個目標。」博士小聲地説，「經濟艙17排A座的那個人。」

「那人我也注意到了！」大衛小聲説道，「30排F座也有一個人，不過我還不太確定。」

「我們去機頭看一下，沒什麼情況就可以降溫了。」博士很果斷地説。

他倆從飛機左右兩側通道向機頭方向走去，博士來到商務艙，一下就看到了站在那裏的本傑明，本傑明搖了搖頭，表示沒有什麼發現。

博士又來到頭等艙，海倫看見博士，也搖了搖頭，看來她也沒有發現。博士隨後來到機組休息室，大衛緊跟在他後面進了休息室。

「馬上給機長打電話，」博士説，「可以恢復正常了。」

大衛連忙拿起電話，打給了機長。

「好了，機長説馬上降温。」大衛掛上電話，對博士説。

「很好，大衛，你去把海倫、本傑明，還有茱莉亞都找來。」

「好的。」大衛説完走了出去。

沒一會，海倫走了進來，隨後本傑明抱着保羅進了休息室，兩人滿頭大汗，只穿着襯衫，他們向博士報告説，沒有發現異於常人的乘客。

正説着，茱莉亞和大衛一起走進了休息室。

「茱莉亞，經濟艙17排A座的那個人你見到沒有？他好像一直很平靜。」博士看到茱莉亞，馬上説。

「我看到了。」茱莉亞説道，「剛才他前面的一個人站起來向我大聲抱怨，我看見他也就是微微抬起身看了看，然後又坐下了……除了他，其他人都有不適的反應。」

「30排F座那人好像也有問題，他也很安靜。」大衛急促地説道。

「那人是在睡覺，我看他是疲勞過度……」茱莉亞反駁道。

「不用説了，鎖定了兩個人，都要查一查，或許他們兩個都是魔怪。」博士説道。

「那我們怎麼查？」大衛急忙問。

「你們這裏有體溫量度器吧？」博士問。

「有的，檢測乘客是否發燒，能在一米外使用。」大衛恍然大悟，「是不是用它照射那兩個人，測他們的體溫？」

「對。」博士點了點頭，「不過請先等一下，用檢測儀照射很難隱蔽進行，也許會驚動他們，保羅，檢查一下你的測溫系統能不能正常使用。」

「好的。」保羅晃晃腦袋，他靜靜地坐在地上。

大家都等着保羅的檢查結果，現在已經鎖定了目標，他們既興奮又緊張。此時，艙內的溫度已經降下來一些了。

「啊，測溫系統可以使用！」保羅興奮地叫起來。

第六章　本傑明的妙計

「太好了！」博士激動地揮了揮拳頭，他看了看疑惑不解的茱莉亞和大衞，連忙解釋，「保羅能在遠距離測量到任何物體的溫度，包括人體的體溫，而且不露聲色。」

「那可太好了。」大衞和茱莉亞都很高興。

「這樣……」博士説道，「本傑明、保羅，一會我們先去商務艙和經濟艙交界處的廚房，我指給你們17排A座的位置，本傑明抱着保羅從那裏走一下，保羅檢測一下那人的體溫，然後你們一起去機尾，那裏有個廚房，大衞會先到那裏，把30排F座指給你們，你們從另一側的通道走過去，檢測一下那個人的體溫，再回來把結果告訴我，等機艙內溫度降下來，再去測量。」

「知道了。」保羅和本傑明一起點點頭。

大家全都坐下。此時，機艙內的溫度已經降下來很多了，聽上去頭等艙的人也沒有那麼吵了。

又過了五分鐘的樣子，機艙內氣溫基本恢復到了適宜的溫度，博士站了起來，他拍了拍本傑明的肩膀。

「走吧。」

博士和大衛走在前面，本傑明抱着保羅跟在後面，一起向經濟艙那邊走去。經過頭等艙的時候，博士看到大家都已經恢復了平靜，不少乘客已經重新穿上外衣、披上毛毯開始睡覺了。此時距離飛機起飛差不多五個小時。

他們來到了廚房，博士讓門簾露出了一條很小的縫隙，手指向經濟艙指了指。

「走出去第10排就是，那個位置靠窗，那人大概三十多歲，一直在睡覺，穿着一件咖啡色的外衣。」

「知道了。」本傑明透過那個縫隙，看着經濟艙裏的情況。

大衛已先走了出去，過了半分鐘，本傑明抱着保羅走出廚房，向機尾方向走去。

沒有人注意這個抱着玩具狗的孩子，機艙氣溫已經完全恢復正常，人們也都恢復了平靜，很多人已經開始休息了。

本傑明慢慢地走着，小心地看着座位號碼。保羅在本傑明的懷裏，一動不動，但是他的眼睛仔細地盯着座椅的號碼。很快，他們就來到了17排的位置前，本傑明的步子更慢了。

那個穿着咖啡色外衣的人一下子映入本傑明的眼簾。

那人還是靜靜地靠在座椅上，兩眼閉着，似乎已經睡着了。

本傑明慢慢地走過去，他裝作若無其事的樣子，看上去只是一個路過的小孩。突然，那人的身體動了動，本傑明連忙低下頭，不過還好，那人只是動了動身體，眼睛沒有睜開。

保羅的眼睛盯着那個人的額頭，他在一秒鐘內就完成了對那人的體溫檢測。

這時，那人身邊的金髮青年看到了本傑明，他對本傑明笑了笑，本傑明也對他笑了笑。他認出了金髮青年，就是登機的時候，聽到了保羅說話，還和海倫說他是明星的那個金髮青年。

本傑明快步向機尾走去，他進了機尾的廚房，大衛已經等在那裏。

「他絕對是個壞蛋！」保羅見到大衛就連忙小聲說道，「體溫只有20℃，我判斷他是個巫師。」

聽到這話，本傑明和大衛激動起來，兩人互相擊掌。隨後，大衛又把門簾打開一條縫。

「從右邊的通道走過去，30排F座在中間位置，那人大概二十多歲，一直在睡覺，他穿深藍色的衣服。」大衛示意道。

「好的，我知道了。」本傑明說道，「你先走吧。」

大衛先走了出去。本傑明抱着保羅，因為找到了兇犯，他很激動，手都有些抖。

他這次是向機頭方向走，邊走邊仔細地觀察着座位號碼，很快，他就接近了30排。

本傑明放慢了腳步，經過30排的時候，他故意停了一下，眼睛瞄到了那個睡覺的人，那人蓋着毛毯，呼呼大睡。他把保羅的頭對準了那人。

保羅瞬間就完成了測試，然後他們快速地離開了經濟艙，穿越商務艙和頭等艙，走進機組休息室。

「保羅，把情況說一下。」博士看到他們進來，連忙問，大衛已經把保羅的發現告訴大家了。

「17排那個是巫師，他的體溫只有20℃。」保羅堅定地說，「30排那個可以排除了，他的體溫正常，36.7℃。」

「只有一個兇犯！」海倫激動地握了握拳頭。

「噢，海倫，一個就夠了。」本傑明朝海倫眨了眨眼睛。

「看來飛機上只有一個兇犯。」博士微微地點着頭，「保羅，你認為他是巫師？」

「應該是，一般巫師都是這個體溫。」保羅說道，

「魔怪要更低一些。」

「下一步就是要儘快地解決他。」博士說完推了推眼鏡，「要想一個好辦法，不能硬來，我們可是在飛機上……」

「等他去洗手間，我們也在洗手間解決他！」海倫很快就想到一個辦法。

「不行。」博士搖了搖頭，他看了看手錶，「距離起飛已經過去五個小時了，要是他一直在那裏睡覺，不去洗手間怎麼辦？」

「可以找人撞他一下，然後和他吵架。」本傑明很快就想到一個辦法，「大衞以安全員的身分出面，把他們帶到機尾去，我們在那裏動手，我看機尾那裏乘客不多，還有很多空位子，行動起來不會影響到其他乘客的安全。」

「這……」博士想了想，沒有說話。

「可能不行。」大衞說道，「他的那個位置靠窗，外面還有一個人，根本就沒辦法撞到他，難道要跨過他的鄰座去撞他？那樣很容易被識破。」

「啊，我有辦法。」本傑明眉毛一揚，「海倫，你還記得上飛機時和你說話的那個人嗎？頭髮金黃的那個人……」

「和我說話的？」

　　「保羅説話，給他聽見了，他還説自己是荷里活的大明星。」本傑明提醒道，「還説讓你猜猜他演出過哪部影片。」

　　「噢，我記起來了，一個金髮青年。」海倫想了起來，「怎麼了？」

　　「他就坐在那個巫師身邊，17排B座，靠近通道。」本傑明説，「我們可以找他幫忙，他們倆個是鄰座，發生爭執不會引起巫師懷疑的。」

　　「嗯，本傑明，這是個好辦法。」博士表示同意，「可就是不知道怎樣通知那個青年，還有，不知道能不能得到他的幫助。」

　　「我看可以，他肯定不想挨着一個巫師坐。」海倫説道，「我去試試，先讓他和我們見面，他一定會幫忙的。」

　　「你有辦法？」博士看着海倫，目光中充滿了期待。

　　「放心，我有辦法……」

　　海倫來到自己的座位，她找到那本剛才翻看的時尚雜誌，然後用筆在上面寫了什麼。因為機艙溫度已經降了下來，海倫穿上了外套，拿起那本雜誌向經濟艙走去。

　　她走到16排的時候，已經看到了17排的那個金髮青年。

「嗨。」那個青年主動向海倫打招呼，這正是海倫想要的。

「嗨，大明星，你坐在這裏呀？」海倫連忙走上前，她的眼睛偷偷瞄了一下靠窗的巫師，那巫師似睡非睡，沒有理會海倫。

「是呀，你在哪裏坐？」

「那邊。」海倫含糊地指了指身後。

「喂，你猜到我演出的影片了嗎？」金髮青年笑着說道，「下飛機前要告訴我答案呀。」

「我……我真的沒有猜到。」海倫笑着把手裏的雜誌打開，雜誌的一半擋住了巫師的視線，另外一半上有一張湯告魯斯的大幅照片，「你該不會是這位湯告魯斯吧？」

「哈，湯告魯斯……」

金髮青年説着，一下愣住了，他看到湯告魯斯的照片上用黑筆寫着的一行粗大的字──「不要聲張，五分鐘後到機尾去，有事商量！」

「不用看了，你肯定不是他。」海倫飛快地合上了雜誌，很幸運，那個巫師始終沒有睜眼看海倫，「我實在猜不出來，你一定是開玩笑，我先走了。」

説着，海倫對那青年用力點點頭。

「啊，再見。」那個青年連忙説，他也對海倫點了點頭。

海倫走後，那青年看了看自己的手錶，他此時有些坐卧不寧，不知道海倫找自己幹什麼，還叫自己不要聲張，不過他決定還是去機尾一下，這架飛機上有那麼多乘客，自己的安全是有保障的，何況海倫只是一個小女孩。

五分鐘後，金髮青年站了起來，他向機尾走去，大衞就在機尾站着，看到金髮青年走來，他連忙走了過去。

「跟我來。」大衞小聲對金髮青年説道。

看到是一名空中機艙服務員叫自己，那青年一點也沒

有猶豫，跟着大衛進了機尾的廚房，他一進來，大衛就迅速拉上門簾。

廚房裏站着博士、海倫，還有本傑明。金髮青年疑惑地望着大家，不知道有什麼事情。

「先生，請問你叫什麼名字？」大衛拍了拍金髮青年的肩膀。

「噢，我叫鄧尼斯。」那青年回答道。

「好的，鄧尼斯先生。」大衛嚴肅地看着他，「我是本次航班的安全員大衛，這幾位是倫敦魔幻偵探所的魔法偵探。」

「魔法……偵探？」鄧尼斯皺起了眉頭。

博士他們都對鄧尼斯認真地點點頭，不過鄧尼斯把迷惑的目光回送給了他們。

「是這樣的，請你千萬要鎮靜。」大衛說，「你身邊的那個人是個巫師，剛才那個被抬走的乘客就是被他暗殺的，現在魔法偵探們要抓住他，需要你的幫助。」

「啊？！」鄧尼斯嚇壞了，他緊張地說道，「巫師？我旁邊那個？」

「是的。」博士開口了，「為了飛機上其他乘客，包括你自己的安全，必須儘快對他採取行動，他的位子緊靠窗戶，我們進行抓捕不是很方便，所以需要你的配合。」

「希望你答應這個請求，其實做起來不複雜，也不會影響你的安全。」大衛跟着說道，「只有你的配合才不會引起他的懷疑。」

「那……要我做什麼呢？」鄧尼斯緩緩地說，有些猶豫。

「很簡單，你只要這樣……」大衛和博士你一言我一語的把計劃講給鄧尼斯聽。

鄧尼斯邊聽邊點着頭，他同意了大衛的要求，大家都非常高興，很感激他的配合。

「你所做的就是這麼多，其他事情由我們來做，你現在馬上回去，他應該以為你只是去了一趟洗手間。」博士鼓勵道，「千萬不要緊張。」

「好，不緊張，我……我是個演員。」鄧尼斯說着還對海倫笑了笑，他努力地使自己放鬆下來。

「噢，對了，穿着這條裙子，還有這雙高跟鞋，行動真不方便。」博士忽然想起了什麼，他唸了一句口訣，「恢復原身。」

「唰」的一下，博士變回了自己，鄧尼斯看到了這一幕，張大了嘴巴，又被驚呆了。博士這樣做，其實還有另外一層意思，他要向鄧尼斯展示一下自己的法力，增強他的信心。

「你去吧。」博士用力地拍了拍鄧尼斯的肩膀，「一定會成功的。」

鄧尼斯答應一聲，轉身走了。

第七章　巫師跑了

　　回到自己的座位後，鄧尼斯僵硬地坐在位子上，他知道自己執行的任務並不是很危險，但身邊那人是一個殺了人的巫師，緊張是難免的。鄧尼斯努力使自己恢復平靜，他偷偷看了鄰座一眼，那傢伙閉着眼睛，一動不動，似乎已經睡着了。

　　鄧尼斯怦怦亂跳的心慢慢地恢復正常，他看了看手錶，按照計劃，他的演出就要開始了。

　　遠處，一位空中小姐慢慢地走來，邊走邊巡視着機艙，這位空中小姐正是茱莉亞，鄧尼斯看到她走來，舉起了手。

　　「小姐，小姐。」鄧尼斯喊道。

　　「什麼事？先生。」茱莉亞走過來，面帶微笑，輕聲問道。

　　「我想要一杯水，熱一點的。」鄧尼斯說道。

　　「好的，請您稍等。」茱莉亞說完回身走向了廚房。

　　不一會，茱莉亞端來了一杯水，她把水遞給了鄧尼斯。

　　鄧尼斯把水拿在手裏，水有些熱，熱氣升騰着，鄧尼斯拿着杯子，斜着眼睛偷看了一眼鄰座。鄰座還在睡覺，鄧尼斯慢慢站起來，看上去要拿什麼東西，突然，他身體猛地一晃，身子倒在鄰座的身上，整整一杯水也全都灑在鄰座的身上。

　　鄰座一下就睜開了眼睛，站了起來，他慌忙掃掉身上的水，這時，鄧尼斯已重新站好。被潑了一身水的鄰座清除了身上的水後，站在那裏瞪着鄧尼斯。

　　「瞪什麼眼？」鄧尼斯傲慢地晃了晃腦袋，「剛才飛機顛了一下，我可不是故意的。」

　　「你灑了我一身熱水！」那人顯然生氣了，他繼續瞪着鄧尼斯，「怎麼還理直氣壯的？」

　　「你是聾子呀？！」鄧尼斯一臉的不滿意，「我說了，我不是故意的，飛機顛了一下！」

　　「你？你還罵人？」那人更生氣了，他的雙拳緊握，兩道兇狠的目光像是要噴出火來。

　　「我沒有罵你，是你耳朵出毛病了。」鄧尼斯冷笑一下，「灑了一點水，看你急得那樣。」

　　「你、你……」那人氣得連話都說不出來了。

　　「年輕人，你把水撒到人家衣服上，說聲對不起就完了，不要這樣。」通道那邊的一個老人勸道。

「他灑了我一身水，還罵人！」那人很憤怒地對老人說。

「我又不是故意的。」鄧尼斯滿不在乎地說道，「怎麼了，你能把我怎麼樣？」

「你這個年輕人……」老人也被鄧尼斯氣壞了，手指着鄧尼斯，也說不出話來了。

身邊的好幾名乘客也都鼓噪起來，指責着鄧尼斯，鄧尼斯越是被指責，越是不服氣。

「你，快給我道歉！」那人看到好幾個人幫着自己，越發大聲喊道。

「不可能！」鄧尼斯針鋒相對，「實話告訴你，我就是故意的，我就是故意潑你一身水，你能怎麼樣？」

「你！」那人快氣瘋了，他揮舞着手臂，「你這個傢伙……」

「怎麼回事？」大衛和茱莉亞一起跑了過來，大衛看到那人情緒激動，連忙把鄧尼斯拉到通道上，「有什麼事好好說呀，不要爭吵。」

「他把水灑在我身上，還罵我。」那人氣呼呼地說道，「大家都看見了，他連對不起都不肯說。」

「我又不是故意的。」鄧尼斯眼睛望着天花板，「是飛機顛了一下，我沒站穩。」

「先生，如果是你不對，説句對不起，我想這位先生是能原諒你的。」大衛説着指了指鄧尼斯的鄰座。

「哼。」鄧尼斯不滿地扭了扭脖子，「我説了，我不是故意的，是飛機顛了一下，我和他説對不起，誰和我説對不起呀？」

「你！」那人氣得咬牙切齒，「我真想揍你⋯⋯」

「你敢？」鄧尼斯馬上舉起了拳頭，「我才想揍你呢。」

「不要打架。」大衛的語氣加重了，他攔在兩人中間，「這裏是高空飛行的飛機，影響飛行器的安全，你們是要負責的。」

這樣一説，鄧尼斯和那人都收起了拳頭，周圍的人也在勸架，那些人一直在指責鄧尼斯。

「飛行時遇到氣流是很難避免的，」大衛用平靜的語氣對鄧尼斯説，「你確實不是故意的，是飛機顛了一下，但難道真要飛機對你説對不起？」

鄧尼斯沒有説話，眼睛還是看着天花板。

茉莉亞已經遞給鄧尼斯的鄰座一條毛巾，並撿起地上的杯子，那人擦了擦身上的衣服。

「鑒於目前情況，為了避免再次發生不愉快的事，我看兩位還是分開坐好。」大衛説道，他看了看鄧尼斯的鄰

座，聲音柔和了很多，「先生，你的座位上都是水，這樣吧，我們再給你安排一個位置，那裏很寬敞……」

「憑什麼要我離開……」那人不滿地說道，不過他看了看自己的位子，座位已經被水浸濕了一大塊，「好吧，今天真是倒霉……」

「謝謝你的配合。」大衛連忙說道，他看了看茱莉亞，「茱莉亞，你帶這位先生去後面，那裏有空位子。」

「好的。」茱莉亞微微一笑，她朝那人欠了欠身子，「先生，拿上你的行李，請跟我來。」

那人氣呼呼地走了出來，他打開行李廂，拿了一個旅行包出來。

「謝謝你的配合。」大衛對那人微微鞠個躬，表示感謝，隨後，他看看鄧尼斯，「先生，你也請坐下吧。」

「哼。」鄧尼斯發出輕蔑的一聲，在眾人鄙視的目光中坐下了。

旁邊的乘客看到那人走了，也都坐下了。機艙裏頓時安靜下來。大衛隨後也向機尾走去，他的心開始卜卜地跳了起來。

自以為沒有暴露身分的巫師跟着茱莉亞，來到了機尾，茱莉亞把他帶到了機尾倒數第三排的位置前，指了指中間一排座位。

「先生，你可以坐到中間那個位子上。」茱莉亞微笑着説，其實她也很慌張，但她盡力使自己平靜下來。

中間那排座位一共有五個座椅，只有兩頭的座位上各坐着一名乘客，靠近巫師站着的通道這邊坐着一個抱着玩具狗的小男孩，另外一頭坐着一個戴眼鏡的老人，這兩個人都蓋着毛毯，抱着狗的小孩已經睡着了，老人也沒精打采的，看上去也要睡着了。

巫師朝茱莉亞點點頭，他把旅行包放進了行李廂，隨後走進了那排座位，他想坐到中間的位置，那個位置的兩邊都沒有人，很寬敞，他身後那排位置乘客也很少，只是他想坐的那個位子後面有個人枕着座椅扶手睡覺，毛毯蓋住了大半張臉，那人好像也是個孩子。

巫師正要坐下去，突然，他站住了，眼睛死死地盯着和自己隔着一個位子的老人，一種恐懼的表情忽然爬上了他的臉，他連忙向後退了出來。

「先生，你請坐。」茱莉亞看到巫師走了出來，連忙上前説。

此時，大衛也趕了過來，巫師看到大衛走來，又看了看茱莉亞。

「先生，你、你……」茱莉亞被看得發慌，説話有些結巴了。

「你們設局騙我！」巫師一把推開茱莉亞，茱莉亞重重地撞到了通道另一邊的座位上。

大衛連忙去扶茱莉亞，巫師轉身就跑向機尾。

「博士——海倫——他跑了！」本傑明說着跳了起來，猛地追了過去，保羅也跳到地上，追了過去。

一直在假裝睡覺的博士和海倫從座位上躍起，跟着本傑明追了過去。

巫師穿過廚房，衝進了機尾的機組休息室，裏面有幾個正在休息的空姐，看到一個人突然闖進來，都嚇了一跳。

「先生，這裏不能進來的。」一位空姐說道。

正在這時，本傑明也衝了進來，他一拳砸向巫師，巫師連忙閃身躲開。

「啊——」空姐們看到打鬥，都驚叫起來。

「凌空穿壁！」巫師唸了一句口訣，只見他的身體一下就騰空而起，穿透了飛機的天花板，飛到了飛機外面。

「擋不住我的心也擋不住我的形。」本傑明唸了一句口訣，跟着飛出了艙外，保羅也唸了句穿牆術口訣，飛了出去（他的魔法運用系統沒有受到X光照射的影響，受影響的是電子系統）。

博士和海倫匆匆趕來，看到巫師不見了，本傑明和保

羅也不見了，吃了一驚。

「人呢？」博士急忙地問道。

一位空中小姐驚恐地指了指上面，博士和海倫頓時明白了她的意思，兩人都唸了句穿牆術口訣，飛出了機艙。

巫師飛身出了機艙，來到了萬米高空的機艙外，機艙外黑壓壓的，非常寒冷，空氣也很稀薄，冷風呼呼地颳過，差點把他颳走。

「壁虎腳！」巫師唸了句口訣，腳一下就牢牢地站在機艙頂部。

「鞋底長吸盤！」本傑明飛出艙外後，也唸了句口訣，他也牢牢地站在機艙頂上。

穩住之後，巫師開始向機頭方向跑去，本傑明緊緊追趕。他大聲地呼喊，叫巫師站住，但是外面呼呼的風聲掩蓋了他的聲音，飛機在黑雲中穿行，能見度極低，機頂上只有飛機航燈映射出來的一些微微的光亮。本傑明和保羅只能隱約看到巫師的身影。

「嗖——嗖——」兩個人從本傑明和保羅的頭頂飛過，落在飛機的中部，也攔在巫師的面前，他們便是博士和海倫。兩人看到本傑明在追擊一個黑影，飛身過去，堵住了巫師的去路。

「亮光球。」海倫唸口訣的同時，用手指着巫師的頭

頂，巫師頭頂一下就出現了一個白色的光球，那光球猶如一枚照明彈，懸停在巫師的頭頂，同時也把機頂照得很亮。

「滅！」巫師指了指自己的頭頂。

亮光球一下就滅了，只有一個微微散發着螢光的白色球體懸浮在巫師的頭頂，機頂頓時又暗了下來。

「亮光球。」博士和本傑明一起唸道，頓時，兩枚亮光球飛到了巫師的頭頂，機頂亮了起來——比剛才還要亮。本傑明和保羅看準時機，靠到了博士和海倫的身邊。

「滅！」巫師指着其中的一枚亮光球，那個亮光球頓時暗了許多，但是沒有完全滅掉。

「亮光球——」博士、海倫和本傑明一起喊道，頓時，三枚亮光球飛到了巫師的頭頂。

巫師咬了咬牙齒，索性不再理會那些亮光球。機頂之上亮如白晝，巫師的影像清晰地出現在大家面前，他三十多歲，個子不高，身材消瘦，驚恐的臉上露出怒氣和邪氣，他看了看擋在身前的博士和小助手們，握緊了雙拳。

「海倫、本傑明，用鋼鐵牆保護機身！」博士突然提醒道，一場決戰看來是不可避免了，他們必須用鋼鐵牆擋住巫師發出類似凝固氣流彈一樣的攻擊，這種攻擊有可能擊穿機艙。博士幾人已經商量過了，如果發生對戰，不會

使用凝固氣流彈，同時也要阻擋巫師使用類似的招法。

「啊——」巫師怪叫一聲，飛奔幾步，撲向博士，他舉起雙手就砸向博士。

「嗨！」博士大喊一聲，用手臂迎擊，他倆的手臂撞在一起，發出「哐」的一聲，兩人同時倒退了兩步。

「啊——」巫師站穩之後，再次撲了上來，他一拳砸向博士，博士還沒來得及回擊，海倫就上來擋開了巫師的進攻。那邊，本傑明也撲了上來，他猛踢一腳，巫師感到來自身後的襲擊，一閃身，躲開了本傑明的攻擊。

高速飛行的波音777客機的機頂之上，魔法師和巫師打在一起，機身周邊翻滾的烏雲成了這場戰鬥的觀眾。和博士預計的不一樣，巫師並沒有使出類似凝固氣流彈那樣殺傷力更大、破壞力更強的法術，他只是在和魔法師赤手相搏，雙方好像都有一種默契。

三名魔法偵探圍攻巫師，保羅在一邊大聲地給他們加油，巫師漸漸體力不支。大家在萬米高空展開搏鬥，其實都很吃力。巫師剛開始時能抵抗住魔法偵探的進攻，但漸漸地，他招架不住了，博士的一腳差點把他踢下飛機。

「嗨——呵——呀——」搏打在一起的人一邊出招，一邊呼喊着，龐大的機頂成了一個角鬥場，飛機頂部懸浮的白色光球，照射着他們。

　　三名魔法偵探越戰越勇，博士一記直拳，向巫師的心口擊去，巫師用雙手一迎，推開了博士的攻擊，這時，海倫看準機會，半蹲在地上來了一個掃堂腿，一下踢中巫師的小腿，巫師沒有防住這招，身體一下就倒了下去，他剛剛倒在機頂上，本傑明飛過去就是一腳，踢在他的腰上。

　　「啊——」巫師淒慘地喊叫了一聲，身體一下就滾下了機頂。

　　「哈哈，我把他踢下去了，就算他有再高法力也要摔死——」本傑明興奮地喊叫起來。

　　「快追吧，我看到他穿牆進了機艙！」保羅一直在觀戰，他看到巫師的身體滑下去的時候，突然穿牆進了機艙。

　　「擋不住我的心也擋不住我的形！」博士和海倫聽到保羅的話，立刻進入了機艙。

　　本傑明和保羅跟着唸了句口訣，也進入了機艙。

　　博士三人進入了機艙，落點正好是商務艙和經濟艙之間的廚房，兩名空姐正抱在一起，瑟瑟發抖。

　　「剛才進來的人呢？」博士急促地問。

　　一名空姐用顫抖的手指了指機尾方向。

　　「追！」博士喊了一聲，大家衝進了經濟艙，邊走邊搜索。

　　機艙內的燈光此時已經暗了下來，大部分乘客都已經開始休息了，沒什麼人關注博士等人。魔法偵探們一起衝到了機尾，一路上並沒有發現巫師的蹤影。

　　他們進了經濟艙後面的廚房，大衛和茱莉亞還在裏面，看到博士，他倆一個指着頭上，一個指着地面。

　　「他跑了！」大衛和茱莉亞一起喊道。

　　「啊？」博士疑惑起來，「他跑到哪裏去了？」

　　「他剛剛衝進來，看見我們，他就站在那裏。」茱莉亞指着博士站的地方，「然後一下就不見了，又飛上去了。」

　　說着，茱莉亞又指了指機頂方向。

　　「不對，我看他鑽到下面去了！」大衛糾正道，「我沒有看錯，茱莉亞，你被嚇壞了……」

　　「明明是上面。」茱莉亞打斷了大衛的話，「你被嚇壞了，你看花眼了。」

　　「我確實被嚇壞了，不過我覺得他鑽到了下面，下面是行李艙……」

　　「你們等一下，我去看看。」博士說着唸了句口訣，「擋不住我的心也擋不住我的形。」

　　「嗖」地一下，博士的大半個身子探出了機艙外面，他雙手扶着機頂，呼呼颳過的大風把他的頭髮都吹了起

90

來，機頂之上，閃光球還在空中懸掛，和飛機保持同步運行，機頂沒有巫師的蹤影，博士又看了看機翼，兩個機翼上也沒有巫師。

「亮光球，回來。」博士對着那些亮光球一伸手，幾個亮光球頓時全部熄滅，回到了博士的手中。

博士再次回到機艙，大衛和茱莉亞剛才看到博士只有兩條腿懸在半空，都驚訝地張大嘴巴，半天合不上。

「機頂沒有。」博士搖了搖頭説道，他指了指腳下，「下面是行李艙？」

「是的。」大衛連忙點點頭。

「我們下去！」博士果斷地對幾個小助手説道，隨即唸了句口訣。

第八章　航班上的戰鬥

本傑明他們也各唸口訣，「唰」的一下，博士他們像是從空中消失了一樣，大衛和茉莉亞對望着，驚愕地眨了眨眼睛。他倆身後還有幾個空姐，這樣的景象她們也是第一次見到，博士三人展現的法術，壓過了突發事件給她們帶來的恐懼。

魔法偵探們一起來到了行李艙，這裏的溫度明顯比客艙要低很多，不過空氣不像機艙外那樣稀薄。行李艙裏有幾盞燈，但都發着極微弱的光，一點照明作用都沒有，裏面黑乎乎的，幾乎什麼都看不清楚。

「亮光球。」博士唸了一句口訣，頓時，五枚亮光球飛了出來，然後懸停在行李艙的艙頂之上，行李艙裏頓時明亮起來。

「這傢伙藏到哪裏去了？」海倫小心地向前走了兩步，然後站住，她握着拳頭，隨時準備展開攻擊。

行李艙裏整齊地擺放着乘客們的行李，還有一些飛機托運的貨物。行李艙的空間可不算小，博士三人一眼望過去，沒有發現那個巫師。

「搜索前進。」博士命令道，他示意本傑明從右側前進，海倫從左側前進。

博士帶着保羅走在中間的通道上，他們越過那些行李，慢慢地向前走着。

「啊，博士，我們的行李。」保羅興奮地叫起來，他看到了博士的旅行箱，那旅行箱和其他乘客的箱子捆紮在一起，固定在一個架子上。

「老伙計！」博士哭笑不得。

保羅頓時不說話了，他意識到這個時候說題外話很不合適，現在他的功能正在恢復之中，魔怪預警系統還是不能啟動，追妖導彈一枚也沒帶，幫不上一點忙，其實就是帶了追妖導彈，在這種特定環境中，也不能使用。

大家一起平行推進，一直走到艙頭，也沒有發現巫師的任何蹤影。

「估計跑到別的地方去了。」本傑明對博士說，「或者根本就沒有進來，那個大衛也許看花眼了。」

「等等。」博士吸了吸鼻子，好像是要用嗅覺來感知巫師的存在，他警惕地看了看四周，隨後，博士默唸了一句口訣，「真身眼。」

隨即只見博士的眼睛射出兩道無形無影的光，直射艙內，真身眼的功能是發現那些唸了隱身術口訣隱形的魔

怪或巫師，有顯形粉的功能。博士對這項法術的運用技術不算熟練，也很少使用，本傑明和海倫還不會使用這種法術，以前遇到同樣的情況他們都是用顯形粉的，可是這次外出沒帶顯形粉。

博士用真身眼望過去，沒有發現什麼異常，他又向前走了幾步，忽然，他回頭看了看幾個小助手。

「走吧，這裏沒有。」博士大聲説道，可他的眼睛卻使勁地對小助手們眨了幾下。

本傑明和海倫他們頓時明白了博士的意思，顯然，博士發現了目標，兩人馬上裝作垂頭喪氣的樣子，走近了博士。

「前方11點鐘方向，橙紅色旅行箱後面。」博士低下頭，小聲地説道，他看到了隱形的巫師，真身眼看到的巫師，形象略有發虛，不過外形還是一目了然的。

説完，博士走

94

在前面，本傑明和海倫穿行在行李中，他倆的真正目的是包抄到那個橙紅色旅行箱的兩側。博士走到那個旅行箱旁邊，他的真身眼已經看見了巫師，隱身的巫師看到博士走來，彎下腰躲在旅行箱後面，摒住呼吸，一動不動，他以為博士沒有發現自己。

博士越過了那個旅行箱，徑直走過去，巫師看到博士從自己身邊走過，大大地鬆了一口氣，剛剛暗自慶幸，博士突然來了個急轉身，一掌劈下去，砸在巫師的頭上。

「啊——」巫師慘叫一聲，倒在地上，博士馬上一腳踩住巫師。

海倫和本傑明看不見巫師，但他們能感知到博士踩中了那個巫師，他倆衝上去對着博士腳踩的方向，各自狠狠地踢了一腳，巫師慘叫兩聲，昏了過去。

「好了。」博士擺了擺手，「他暈了。」

「他在哪裏？」本傑明蹲了下去，手小心地伸向地面，突然，他碰到了那巫師的身體，巫師隱藏了身體的外形，身體的實體是隱藏不住的，「啊，我碰到他了。」

「我也碰到他了。」海倫彎下腰，也觸碰到了巫師，「博士，能不能讓他顯形？」

「我剛剛對他默唸了顯身口訣。」博士搖了搖頭，現在只有他能看到巫師的外形，「不過沒有起作用，他防護

得很好呢，只能等他醒來，自己唸口訣顯身。」

「這麼說他沒死。」保羅用爪子碰了碰巫師。

「沒死，只是暈過去了。」博士說道，「本傑明那一腳踢在他的胸口上。」

「要不要給他喝急救水？」保羅問。

「不要！」本傑明和海倫一起大聲喊道。

「不用給他喝。」博士搖搖頭，「他沒有生命危險，喝下急救水緩過精神來，可能還想逃跑呢。」

「急救水給誰喝也不給他喝。」海倫氣呼呼地說，「保羅，我們可不是慈善機構，再說對這種巫師，絕對不能講仁慈。」

「那我們把他綁起來吧。」保羅說道。

博士接過話：「可惜沒有帶捆妖繩……這樣，他醒後大家要小心，一旦反抗就擊斃他，我們一直看着他，到了倫敦把他交給魔法師聯合會。」

小助手們連忙點頭，表示同意。

又等了幾分鐘，博士拍了拍巫師的臉，那巫師似乎有了些反應，頭稍稍地動了一下。

「醒了嗎？」本傑明問。

「快了。」博士說，「醒了以後把他帶到上面去審問，這裏有點冷……」

「又黑又冷。」保羅抓緊時機説，「你們明白我為什麼要到客艙去了吧？」

「我説老伙計，高温低温對你都沒有影響的。」博士苦笑了一下，「黑倒是很黑，以後再乘飛機，你就跟我們去客艙吧。」

「啊呀……」一把呻吟聲傳來，巫師醒過來了。

「他醒了？」海倫望着聲音傳來的地方，略有緊張地問。

「怎麼樣了？」博士問巫師。

「我……我……」巫師有氣無力地呻吟着，「我胸口疼。」

接着，他用怨恨的目光盯着博士，「南森，你、你多管閒事……」

「啊？」博士吃驚不小，「你認識我？我好像沒見過你呀，你是看見我就跑了嗎？」

「你當然不認識我，幾個月前我在《魔法世界報》上看到過你的專訪，上面有你的照片。」巫師道出了原因，「我認出你是魔法偵探，我又剛殺過人……」

「所以你馬上就跑。」博士恍然大悟。

「啊，博士。」本傑明叫了起來，「以後登報，你的頭像也要模糊處理了。」

97

「那些魔怪都不看報紙的。」博士非常懊惱地搖了搖頭，「不過……這次我們撞上的是一個巫師。」

「南森，你多管閒事，這是我和克拉克的私人恩怨，不關你的事……」巫師激動地説。

「等等，不要待在這裏説，我們上去再説。」博士做了一個停止的手勢，「你先顯身吧，不要藏了，我們看得見你。」

「原身再現。」

巫師無奈地唸了一句口訣，身體一下就出現在海倫和本傑明的面前，當然，他並不知道海倫和本傑明看不見隱形的他。

博士看到他身體顯現，默唸口訣使得自己的視力恢復到正常狀態，他拍了拍巫師。

「你能走吧？」

「我……還好吧。」巫師説着慢慢地坐了起來，大家連忙扶起他，巫師試着走了兩步，他走路還算正常，看起來恢復了不少。

「我們一起唸口訣上去。」博士指了指頭頂，「到機尾去，我們幾個要是從乘客中冒出來，要引起恐慌的。」

大家來到行李艙尾部，博士收起了那些亮光球，隨後他們各自唸穿牆術口訣，轉瞬間就到了機尾的廚房，大衞

和茱莉亞就在裏面，他們兩個急得團團轉，博士三人下去很長時間了，也沒有消息，他們真的很擔心。

看到博士他們出現，還架着巫師，大衛和茱莉亞先是嚇得往後一躲，隨即是滿臉驚喜。好幾個空姐也都從休息室裏出來，好奇地盯着博士他們。

「抓住了。」保羅搖頭晃腦，非常得意，好像巫師就是他抓到的一樣，他一説話，那些空姐的目光全都落在他身上，保羅更得意了。

「太好了。」茱莉亞不禁拍着手，「機長剛剛還打來電話，我馬上告訴他。」

説着，茱莉亞就拿起了電話，興奮地向機長報告情況。

「我們去機頭的休息室。」博士看了看大衛，又看了看那幾名空姐，「你們好好休息，沒事了。」

巫師被博士幾人押到了機頭的休息室，經過客艙的時候，熟睡的乘客們誰都沒有理會這些人。海倫經過鄧尼斯的座位時，輕輕拍了拍鄧尼斯，鄧尼斯沒有睡覺，他正在擔心呢，看到「鄰座」被抓獲，他終於長長地噓了一口氣。

來到休息室，博士讓巫師坐到一張椅子上，本傑明和海倫就站在他的身邊。巫師斜着眼睛看了看牀上，死去的

克拉克已經被裝進一個密封的袋子裏。巫師隱約感知到，那就是被自己殺死的人。

「大衛先生，如果機長方便，請他來一下，我想審問兇犯，他應該在場。」博士説。

「好的。」大衛説着走到一邊，拿起了電話打給機長。

博士看了看身邊的巫師，巫師低着頭，眼睛直直地盯着地板。

「博士，謝謝你。」邁爾斯的話音傳來，他用憤怒的目光看了看巫師，然後把博士拉到了一邊，壓低聲音説：「我把情況通知了地面，他們叫我見機行事，還好你抓到了兇犯，否則我們真有可能要緊急降落呢！可你也知道，飛機上有患者急需的血清，剛才我真是進退兩難呀，太感謝了。」

「沒什麼，」博士笑笑，「這是我們的職責。」

休息室裏，大家都盯着巫師，巫師感覺到一根根針一樣的目光射來，一直低着頭。

「那麼，我們開始吧。」博士和邁爾斯對視一下，兩人都點點頭，隨後博士環視了一下大家。

本傑明和海倫表情嚴肅，同時做好攻擊準備，巫師雖然受傷，但沒有被捆妖繩捆着，還是有一定的攻擊力。

「你叫什麼名字？」博士問巫師。

「蓋伊。」巫師小聲地説。

「大聲説，你叫什麼名字？」

「蓋伊。」巫師提高了聲音，語氣中充滿了不滿。

「剛才我查過乘客登機名單，17排A座的乘客是叫蓋伊。」大衛對博士説道，「他沒撒謊。」

「你是一名巫師？」博士在巫師面前走了一步，又問。

「知道還問？」巫師蓋伊反問道，他很不服氣。

「喂！」保羅走到蓋伊身前，一下把尖牙露了出來，「説話客氣點！」

蓋伊看到保羅那發出紅光的眼睛和尖尖的牙齒，縮了縮脖子，氣焰不再那麼囂張了。

「你殺害了克拉克？」博士又提出一個問題。

「問你呢！」本傑明看到蓋伊的囂張，早就有氣了，也不管蓋伊回不回答，一掌拍在他的脖子上。

「啊──」蓋伊被拍到剛才打鬥時受傷的地方，他叫了起來，「是……是我幹的。」

「用什麼招數？空氣凝結術？」

「是，我使用了空氣凝結術。」

「在克拉克去洗手間的時候？來了個措手不及？」

「對。」

「為什麼殺害克拉克先生？」博士逼近蓋伊，用一種冷峻的語氣問道。

「這……其實這不關你們的事，這是我們兩人之間的恩怨。」蓋伊猛地抬起頭來，語氣軟了下來，「南森博士，我們以前沒有見過，也根本談不上有什麼過節，你何必咄咄逼人呢……」

「不不不不不……」博士説，「這是一條人命，你既然看過我的報道，應該知道我的身分，這事我不能不管……你為什麼殺害克拉克先生？！」

蓋伊低下了頭。

「因為他毀了我的一生，毀了我的前程，總之，他毀了我的一切！」

蓋伊猛地抬起了頭，眼睛死死地盯着已經死去的克拉克，他的雙眼似乎要噴射出烈焰，烤着那被他殺害的死者。

「説下去。」博士命令道。

「五年前，當時我還是一名魔法師……」

第九章　巫師脫逃

「你以前也是魔法師？」博士吃驚不小，大家也是一樣。

「對，我曾經是一名魔法師，隸屬美國魔法師聯合會西南分會。」蓋伊說道，「我沒有說謊，這個你們可以去查。」

「你接着說。」

「五年前我忽然對巫師的巫術發生了興趣，就偷學了一些巫術。我的目的是為了研究，也是想今後更好地對付巫師和魔怪。」蓋伊稍稍停頓了一下，「有一天，我和一個魔法師發生了爭執，後來動起手來，我打不過他，最後一着急，就使用了巫術，打傷了他。」

巫師蓋伊又停頓了一下，他很不自然地看了看大家，大家都等着他進一步的陳述。

「那個魔法師受了點輕傷，可他把我使用巫術的事報告給了聯合會，聯合會便派了幾名魔法師抓住了我，對我進行審判，克拉克是審判我的執法官之一。」蓋伊繼續說道，「以前曾發生過幾次魔法師學習巫術的案子，處理的

結果都不算重，一般是消除當事人所有的巫術和70%的法力，解除魔法師資格，可克拉克判決消除我所有的巫術和法力，解除我的魔法師資格，最後還把我轉給了洛杉磯法院，那裏的法官判了我三年監禁，我的生活徹底毀了。魔法師聯合會庭審的時候，就連另外兩名執法官都説這樣處理我有些嚴重了，但克拉克堅決這樣判決，他是首席執法官。」

「對你的審判我不了解具體情況，不便發表意見，但你作為一個魔法師，難道不知道聯合會有嚴格規定，魔法師是絕對不能練習巫術，更不能使用巫術的！」博士厲聲道。

「這個……我知道，可我是為了對付巫師和魔怪呀。」蓋伊辯解道。

「如果你的説法成立，那麼魔法師都可以練習巫術了？那魔法師和巫師還有什麼區別？！」博士嚴肅地説，「而且你也應該知道，巫術的練習和魔藥的服用是聯繫在一起的，那些魔藥的成分大都有人血，難道你真不清楚嗎？」

「這……我……」蓋伊被辯駁得張口結舌。

「你繼續説，你不是被消除巫術和法力了嗎？怎麼又有了這麼厲害的巫術，空氣凝結術你也會使用？」

　　「我被判處三年監禁，這都是拜克拉克所賜。出獄後我失去了一切，我辛辛苦苦得到的魔法師的名聲，還有我的法力。」蓋伊忿忿地説，「我連個好一點的工作都找不到，朋友都離我遠去，我恨死克拉克了，我想殺了他，但他是魔法師，我喪失了法力，根本打不過他。我想反正我已經被大家認為是巫師，所以乾脆就重新練習巫術，我有練習巫術的書，還在魔法黑市上買到一些魔藥，我曾有練習法術和巫術的底子，上手很快，兩年多的練習使我重新掌握了巫術。」

　　説到這裏，蓋伊抬頭看了看身邊的海倫。

　　「我想喝水。」

　　海倫把水遞給蓋伊，蓋伊幾口就把水喝完。

　　「其實兩年多來，我殺害克拉克的意願淡了很多，説老實話，我不是回心轉意，我是覺得雖然掌握了一些巫術，但刺殺一個魔法師也是要冒風險的。我訂閱了《魔法世界報》，上面會有一些有關克拉克的報道，你們可能不知道，克拉克的妻子也是魔法師，去他家行刺是不可能的，而他工作時在聯合會，外出也經常和魔法師在一起，根本就沒法下手。」蓋伊手裏拿着紙杯，突然，他把紙杯捏扁，眼睛直直地望着死去的克拉克，「直到有一天，機會來了！」

「什麼機會？」本傑明急忙問。

「我出獄後一直打散工，在超級市場做收銀員，送外賣等等，幾個月前我在一家票務公司做送票員。三天前，我被要求去送一張洛杉磯到倫敦的機票。」蓋伊的聲音似乎有些興奮，「送票地址是魔法師聯合會西南分會法務組，收件人是克拉克，哼，西南分會法務組能有幾個克拉克呢？」

蓋伊發出得意的笑聲，那笑聲充滿了殺氣，邁爾斯、大衛，還有茱莉亞不禁渾身發冷。

「我覺得機會來了，票只有一張，就是說克拉克要一個人上飛機，我知道飛機上就是下手的最好時機，要是到了倫敦，他可能又馬上和魔法師們在一起了，因為我判斷他是去出差的。」蓋伊繼續說道，「他無論如何也不會想到被我掌握了行蹤，在飛機上肯定是完全喪失警惕的，這種時機可不能失去，我就記下了航班號，然後把票送了出去……」

「你去送票，不怕被認出來呀？」本傑明問。

「我才不會去呢。」蓋伊不屑地說，「公司又不是只有我一個送票員，我把票給了另外一名送票員，他送去的……我買了同一個航班的機票，今天下午我早早來到機場，在英航282航班換登機證的地方等着，我怕被他認出

來，戴上了口罩和帽子。克拉克一個人來了，他換登機證的時候，我悄悄走到他身後，看到了他的座位號，他走後，我要了一張他後面兩排的座位，便於觀察他。其實今天如果看到他和另外的魔法師一起來，我就會馬上收手退票，不過算他倒霉，他一個人來的！」

「你這計劃倒是說不上精密，只是按部就班。」博士瞇起了眼睛，輕聲說，「克拉克怎麼會知道你掌握了他的行蹤呢？更不知道你要暗算他。」

「你們的出現差點讓我收手。」蓋伊突然說道，他抬頭看着博士。

「我們？」博士疑惑地問。

「進了候機室後，我怕被克拉克認出來，就在很遠的地方盯着他，後來看到克拉克和你們說話，我吃了一驚，不過我想他肯定是遇到了熟人。」蓋伊的語氣開始有些懊惱，他瞪着博士，「由於距離太遠，我看不清你的面孔，沒認出你來，否則我也不會下手的。」

「剛才你認出來了？」博士冷冷地一笑。

「當然，不到兩米的距離，面對面！」蓋伊回答道。的確，一開始博士是變成空姐在機艙走動的，蓋伊沒注意他，抓蓋伊的時候博士恢復了真身，被認出來了。

「你接着說吧，現在該講講登機後的事情了。」博士

指了指蓋伊。

「克拉克先登機的，我躲在他後面，沒有發現他和誰在一起，確定了他是單獨出差的。」蓋伊繼續回答，「這下我徹底放心了，我其實早選擇好了動手的地方，那就是洗手間，12個小時的飛行，他怎麼也要去一趟洗手間的，結果飛機起飛才一個小時，他就去了洗手間。我跟在他身後，他剛走進去關上門，我就靠在門邊，對着裏面唸了空氣凝結術的口訣，我知道，空氣在那個狹小空間瞬間凝結了，我聽到了空氣瞬間凝結發出的聲音，他毫無防範，倒地的聲音我也聽到了。趁大家不注意，我穿牆進入洗手間，見到他已經窒息而死，我確認他死亡後，便穿牆出了洗手間，整個過程沒有人注意到我。回到座位上，我把帽子和口罩都摘了。」

「這就是整個過程？」博士看到蓋伊不再說話，問道。

「對。」蓋伊說，「空氣凝結術致死，一般會被診斷為心臟病發引起的窒息，即使是魔法師也很少有人能看出被害人是被這種巫術害死的⋯⋯當然，你南森是個例外。」

蓋伊這句話出口，引得大家都看着博士，這種誇讚出自兇犯之口，讓博士感覺有些怪怪的。

「跟你打鬥了一下，發現你的法力並不低，剛才你倒是沒有使用更厲害的招術呀？」博士又提了一個問題。

聽到博士這樣問，蓋伊冷笑一聲。他非常明白博士的意思，魔法師和巫師的搏鬥，如果是在地面上，搏鬥現場的東西被雙方射出的光彈、閃電什麼的擊毀是經常發生的事，這次他們都只是進行了肢體的搏擊，誰都沒有使用兇狠、破壞力強的招術。

「彼此彼此。」蓋伊收起了笑容，「我和這飛機上的其他人沒有任何瓜葛，不想傷及無辜，再說要是把飛機打破，肯定是機毀人亡！實話實說，我還不想死。」

「魔法師和巫師也怕掉下去嗎？」大衛靠近博士，小聲地問道。

「這是萬米高空，法力再高的魔法師或巫師掉下去也必死無疑。」博士回頭答道，「我們在地面十幾米甚至幾十米的高空飛行是可以掌控的，可是這裏……」

博士說着，聳聳肩，然後微笑着搖了搖頭。

「你還算是有點良心。」海倫低頭對蓋伊說道。

蓋伊沒說話，他只是低着頭。

「機長、大衛先生，你們都去忙吧。」博士看了看手錶，隨後說道，「還有五個多小時就要降落了，我們會看着他的……噢，茱莉亞小姐，這裏有刷卡電話吧？」

110

「有的。」茱莉亞説道。

「那我去駕駛艙了，我會把情況通報地面的。」邁爾斯説着指了指巫師蓋伊，「他怎麼辦？」

「我們在這裏看着他。」博士説，「我馬上給地面打個電話，通知倫敦的魔法師聯合會，這傢伙要交給他們，死者雖是美國人，但這是英航的飛機，按照慣例，這事要英國方面處理。」

「嗯，就這樣做吧。」邁爾斯説完走向了駕駛艙。

博士用刷卡電話打給了倫敦的英格蘭魔法師聯合會的負責人，告訴他們克拉克遇害，兇犯被擒，還叫他們派專人去機場押送蓋伊。

安排好一切事物，博士走到蓋伊面前，同時示意海倫和本傑明也圍着蓋伊坐下，三個人一起貼身看着蓋伊，這樣，巫師就算插翼也難逃了。

飛機已經飛了近七個小時，行程過半，再有五個多小時，就要降落了。博士幾人其實也都很累了，但這個時候不可能去休息。

萬米高空之上，英航282航班飛行在加拿大上空，再向前，下面就是浩瀚的大西洋。機艙裏，所有的乘客都入睡了，他們哪裏知道，一個一同登機的邪惡巫師就擒，一切的平靜下曾隱藏着那麼大的不平靜。

　　蓋伊一直低着頭，盤算着自己的未來，他知道，自己是殺人犯，一定面臨着最高的處罰——終身監禁。他感到非常的不服氣，一股怨氣怎麼也發洩不出去，自己和這些魔法偵探毫無恩怨，他怨恨的是克拉克，殺害的也是克拉克，此時卻被魔幻偵探所的魔法偵探抓住，博士打的電話他也聽到了一些，他知道自己要被交給魔法師聯合會處置。

　　蓋伊表面平靜，內心卻比十二級颱風經過的海面還要翻騰，他不想被交給聯合會，更不想被判終身監禁！

　　本傑明坐在蓋伊身邊，他覺得蓋伊很老實，沒有什麼反抗舉動。過了半個小時，本傑明的兩個眼皮開始不由自主地打起架來，他努力地睜開眼，但沒幾秒鐘眼皮又試圖「會師」，他的身體也有些失控，側向了一邊。

　　「本傑明，你去休息吧。」博士對本傑明說道，「你和海倫輪流休息，你先去。」

　　「噢。」本傑明實在是熬不下去了，他答應一聲，爬到了上面的牀上，倒頭就睡。

　　「博士，我還行。」海倫對博士說，「我不睏。」

　　「我也不睏。」保羅跟着說。

　　博士和海倫都笑了笑。

　　「過一會你還是去休息一下吧。」博士對海倫說，「你年紀小，身體會吃不消的。」

　　海倫輕輕點了點頭。她不敢讓博士去休息，現在可不是客氣的時候，她知道自己和本傑明看不住這面前的巫師。

　　機艙裏只有發動機「嗡嗡」的聲音，這種聲音似乎有催眠功能，海倫說是不睏，但聽着這聲音，也想睡覺了，不過她努力使自己擺脫睏意。

　　飛機已經飛到了大西洋上空，海倫拉開了舷窗的遮陽板，機艙外的黑雲已經不見了，天開始蒙蒙亮。

　　看押蓋伊非常枯燥，他雖然看上去還算老實，但海倫真盼望飛機早點着地，她有點堅持不住了。

　　「我、我要去洗手間。」又過了一個多小時，蓋伊突然説道。

　　「嗯？」博士皺起了眉頭，「起來，我跟你去。」博士説着站了起來，他用憐愛的目光看了看海倫，「海倫，你和本傑明換一下，我跟他去。」

　　博士拍了拍蓋伊的肩膀，然後指了指旁邊的洗手間，洗手間就在駕駛艙的後面，是機組人員的專用洗手間。

　　蓋伊走到洗手間的門那裏，拉開門走了進去。

　　「門不要關。」博士站在洗手間外，用手頂着門，嚴肅地説。

　　蓋伊點了點頭，突然，他猛地把門關上。博士一驚，用力推門，那門卻已經被蓋伊鎖死了，博士再一使勁，門一下被推開，裏面空無一人，蓋伊跑了。

第十章　蓋伊躲在哪裏

「本傑明——海倫——」博士大喊起來，「蓋伊跑了——」

聽到喊聲，剛被海倫叫醒的本傑明先衝了過來，隨後，海倫、大衞，還有保羅一起衝了過來。

「蓋伊跑了，一定是唸穿牆術口訣跑了！」博士很懊惱地指了指空空的洗手間。

「他可能飛出艙外了！」海倫很着急。

「我去外面看看。」博士説着唸了句口訣，「擋不住我的心也擋不住我的形。」

博士的身體一下就飛到了機艙外，機艙外亮了很多，不用借助亮光球，也能看清外面的景象，機頂和機翼上沒有蓋伊，博士啟用了真身眼，也沒發現蓋伊的身影，他只好回到了機艙裏。

「他不在機頂，我看他一定是藏到機艙裏的某個地方了！」博士看起來也有些着急，他很後悔沒有看好蓋伊，蓋伊的表面服從迷惑了大家。

「那我們該怎麼辦？」大衞語氣急促。

「我從這裏下去，把飛機的底艙從頭搜到尾。」博士緊鎖着眉頭，「他有可能鑽到底艙去了。」

「博士，要是他察覺到你也下了底艙，又溜到客艙隱身藏起來怎麼辦？」海倫想了想説，「他可能會和我們玩捉迷藏呢！」

「這……」博士眉頭鎖得更緊了，突然，他揮了揮拳頭，「這樣，我把真身眼法術傳遞給你們，你們就能看到隱身人了，雖然傳遞一次你們只能使用十分鐘，但也已經足夠了，我從底艙推進，你們從客艙推進，在機尾會合！」

「好，就這樣。」兩個小助手一起喊道。

説完，海倫和本傑明各把一隻手伸給了博士，博士的兩隻手放在他倆的手上，開始唸口訣。

「真身眼，傳遞。」

「真身眼，接收。」海倫和本傑明一起唸道。

傳遞法術的程式進行了一分鐘，博士説了句「完畢」，隨後大家鬆開了手，海倫和本傑明全都眨了眨眼睛，他們的眼睛和平常無異，但在接下來的十分鐘裏，他們基本上能識別出隱身的巫師了。

「我們行動，你們到了機尾等着我。」博士叮囑道，「注意，如發現蓋伊時就假裝沒有看見，先看住他，然後

保羅唸口訣到底艙報信。不要主動攻擊他，如果他先動手，你們盡量不使用破壞力大的招術，了解嗎？行動！」

　　説着，博士就穿艙而過，到了底艙，海倫和本傑明分開，沿着客艙的兩條通道向機尾方向搜索前進，保羅還是被本傑明抱着。

　　博士搜尋的地方是飛機前起落架的收放艙，這裏不是密封的，空氣稀薄，還非常冷，博士使用了真身眼，還甩出一個亮光球，但沒有發現巫師。

　　飛機底艙的機器轟鳴聲震耳欲聾，讓博士很難受，但為了抓住巫師，這些困難都是微不足道的。博士使用穿牆術，穿越過一個個的底艙，經過機器艙、主起落架艙，來到了行李艙。他小心地觀察着艙裏的情況，但依然沒有發現巫師蓋伊的蹤影。

　　到了機尾的底艙，博士還是沒有發現蓋伊，他很失望，唸了句口訣，就到了機尾的廚房裏。一上去，博士就看到海倫和本傑明，兩人衝博士搖了搖頭。博士心裏一驚，難道真的找不到蓋伊了？

　　「沒有發現蓋伊。」本傑明搶先説，「我特別留意那些空座位的，在商務艙的廚房，我還飛出艙外看了看呢。」

　　「洗手間呢？」博士問。

「看過了，現在乘客都在睡覺，沒人使用洗手間。」本傑明説。

「底艙也沒有。」博士眉頭緊鎖，無奈地説。

「他掉下去了？」保羅問道。

「但願如此！」本傑明咬了咬嘴唇。

「我們先去機頭。」博士揮了揮手，隨後出了廚房。

博士走在前面，邊走邊看周圍的情況，乘客們大都在夢鄉中，機艙裏很暗，大部分舷窗都拉上了遮陽板。

一直走到機頭，博士也沒有發現蓋伊的蹤影，他們懊喪地走進機組休息室。大衞看到博士他們這次沒有帶蓋伊回來，顯得更慌張了。

「他……跑了……啊？還是被你們打死了？」大衞的期盼是這樣的，不過看到博士他們的表情，也知道結果沒有這麼好。

「沒有找到。」博士閉上眼睛，搖了搖頭。

「哦。」大衞小聲地叫了一聲，傻傻地站在那裏。

「能跑到哪裏去呢？」博士坐到了牀上，自言自語道。

幾個小助手都無奈地站在他身邊，博士透過舷窗，看到了飛機下方那碧藍、浩瀚的大西洋。此時，博士可沒有心情欣賞美景，他百思不得其解，他們已經把客艙和底艙

同時同向搜索了，本傑明甚至還飛出過艙外，也沒有發現蓋伊，難道他真的在穿越到艙外的時候不慎掉下去？博士覺得這不大可能，憑蓋伊的身手，他不可能出現這種失誤。

蓋伊到底躲藏到哪裏去呢？

　　大衞站了一會，忽然想起了什麼，連忙去拿電話。

　　「我要告訴機長説巫師跑了，他要我隨時向他通報情況。」大衞説着拿起了電話，把博士三人空手而回的消息告訴了機長。

　　不到半分鐘的時間，邁爾斯從駕駛艙裏走了出來，來到博士身邊。

　　「南森博士，沒有抓到他嗎？」邁爾斯急切地問。

　　「沒有。」博士推了推眼鏡。

　　「有什麼辦法找到他嗎？」邁爾斯進一步問道。

　　「這個……」博士沒有正面回答。「需要緊急降落嗎？」邁爾斯又問。

　　「現在距離倫敦還有三個小時的航程，就是緊急降落，距離最近的格陵蘭島或冰島上的機場也有兩個小時的航程。」邁爾斯很為難地説，「這架飛機上還有病人需要的血清，我真是為難呀。」

　　「根據剛才的情況看，蓋伊的目標的確只有一個，那就是克拉克。」博士分析道，「他在交手的時候連可能破壞飛機的狠招都不肯用，説明他還是顧及到飛行安全的，他也怕飛機出事，所以我看他即使藏在飛機的什麼地方，對其他乘客或飛機本身也不會構成大的威脅，我看他是想躲到飛機降落後逃跑。」

120

「嗯，這我知道。」邁爾斯點了點頭，「那這樣吧，我還是繼續飛向倫敦，你有什麼情況，馬上通知我。」

「好的。」博士站了起來，「你先去吧。」

邁爾斯向駕駛艙走去，他拉開駕駛艙的門，走了進去，博士目送着他。突然，博士興奮地舉起了雙拳，他發現了什麼。

「博士……」海倫先發現了博士的反應，她輕輕地叫道。

「大家跟我來。」博士說着，用眼神示意大家去商務艙。

大家跟着博士來到商務艙，博士拉上門簾，大家都站在門簾的後面，博士小心地把門簾拉開一條縫，向駕駛艙那邊望了望，臉上露出了笑容。

「博士，到底怎麼了？」本傑明都急死了。

「找了半天，那傢伙應該就在我們身邊。」博士壓低了聲音，同時示意大家都不要大聲說話。

「什麼？」大衛嚇了一跳，他的身體差點沒有站住。

「看起來我們把所有的機艙都找了一遍，」博士說道，「可還有一個機艙沒有找呢！」

「哪裏？」海倫急着問。

「駕——駛——艙！」博士一字一句地說。

　　「啊？」本傑明瞪大眼睛，隨即恍然大悟，「對呀，我們是沒有找過駕駛艙。」

　　「蓋伊逃跑的洗手間就在駕駛艙後面，這個狡猾的傢伙，根本就沒有到艙外或底艙，更沒有去客艙，他直接去了駕駛艙，隱身藏了起來，機長和副機長是看不見他的。」

　　「那我們去駕駛艙看看。」本傑明說着就要向裏面走。

　　「不！」博士一把拉住本傑明，「那裏是飛機上最敏感的地方，要是交手，稍有不慎就可能碰壞儀錶。另外，要是猛衝進去，這傢伙被逼急了，說不定會做出瘋狂的舉動呢，而且那裏還有兩名駕駛員，有可能被他挾持為人質的。」

　　「對的，那裏可不能發生衝突，駕駛艙空間不大，到處都是儀錶盤。」大衛跟着說。

　　「先不要考慮怎麼對付他，我們先要知道蓋伊在不在裏面。」博士想了想說，「大衛，你去把茱莉亞找來。」

　　很快，茱莉亞就來了，她原本以為沒什麼事情，就去休息了，大衛告訴她蓋伊又跑了，也許就藏在駕駛艙，茱莉亞原本還睡眼惺忪的，一下就嚇醒了，而且高度緊張。

　　「茱莉亞小姐，需要你幫一個忙。」博士不緊不慢

地對茉莉亞説，他把語氣調整得輕鬆了一些，「你去給機長和副機長送一杯咖啡，當然，這是一種掩護，你的任務就是去看看機艙裏有沒有那個蓋伊，我想了想，你去最合適，不會引起他懷疑。」

「我⋯⋯我⋯⋯」茉莉亞張口結舌的，身體在發抖。

「她要是害怕，我可以試試。」大衞看了看茉莉亞，説道。

「大衞也可以去，但他是安全人員，也許蓋伊知道他的身分，所以我想空姐去最合適。我可以變裝成空姐，但一旦被識破，也很危險。」博士的語氣平緩，他用信任的目光望着茉莉亞，「不是讓你進去和蓋伊搏鬥，只是看看他在不在，最多也就一分鐘的時間，送好咖啡就出來。」

「我⋯⋯我可以去⋯⋯但是大衞告訴我，他好像會隱身的⋯⋯」茉莉亞的情緒稍稍緩解了一些。

「我把能識別隱身人的真身眼法術傳遞給你，你是個普通人，傳遞後大概有一分鐘的真身眼可以在你身上發揮效用，真身眼看正常人和平時沒什麼區別，但觀察到的隱身人身體外形發虛，和正常人形態有明顯區別。」博士解釋説，「記住，一旦看見他，千萬不要緊張，他是不會想到一個空姐能用真身眼看到他的。」

「那⋯⋯好⋯⋯」茉莉亞用力地點了點頭，「我是這

架飛機的乘務長，這事應該由我來做！」

「謝謝。」博士感激地説道，「對了，還有一點，如果發現蓋伊，不要對機長做出暗示，要是機長知道身後藏着個巫師，這飛機就沒法開了。放心，蓋伊只是想藏起來，他不是來破壞飛機的。」

茱莉亞又點了點頭。博士示意大家回到機組休息室，他們知道，如果蓋伊真的在駕駛艙，和大家只隔着一道艙壁。

回到機組休息室，茱莉亞快速沖了兩杯咖啡，博士向她招招手，茱莉亞來到博士身邊，博士讓她伸出了一隻手，用自己的雙手按着茱莉亞的手，開

始默唸口訣。

　　茱莉亞不會魔法，自然不會像本傑明他們一樣主動接收魔法的傳遞，博士用了三分鐘的時間，把真身眼傳遞給了茱莉亞。傳遞完畢之後，博士鬆開手，指了指駕駛艙。

　　茱莉亞端起餐盤，上面有兩杯冒着熱氣的咖啡，她快步走到駕駛艙門口，來了一個深呼吸，隨後推門走了進去。

第十一章 「非常規戰術」

大家望着那道門，本傑明和海倫的心都懸了起來，大衞坐立不安，一會坐下，一會又站起，博士用眼神示意他安靜。

一分鐘的時間似乎很漫長。終於，茱莉亞端着一個空餐盤走了出來，她看上去倒是很平靜，看到大家，茱莉亞有些激動地點點頭，隨後，她走向了商務艙。

博士跟着走了過去，本傑明他們跟在博士後面。茱莉亞看到博士來了，一把抓住了博士的手臂。

「他在！」茱莉亞興奮起來，「就在副機長的身後，他坐在地上，我一進去，他還看了看我，我出去的時候他還坐在那裏，靠着艙壁，好像很累的樣子。」

大家興奮得差點都叫出聲來，蓋伊的行蹤終於被發現了。

「他還算老實。」博士抬起手看看錶，「還有兩個多小時，飛機就降落了，我們守在外面，等飛機落地後再動手。」

「他對飛機沒什麼威脅吧？」大衞還是不放心，問了

一句。

「應該不會。」博士輕聲說，「要是現在衝進去，倒有可能了。」

「那就等飛機降落，這次他跑不了了。」海倫握着拳頭，用力揮了揮。

博士靠着門，講述着他的抓捕計劃，大家都認真地聽着。按照計劃，魔法偵探所的偵探們要去機組休息室繼續等待，等飛機平穩落地後再採取行動。茉莉亞和大衛則還像以往那樣工作，至於機長，還是不能告訴他蓋伊就在他身後。

還有兩個小時飛機就要降落了，大多乘客已經醒了。大衛跟着博士他們來到了機組休息室，到了那裏以後，大家各自找地方坐下，博士示意大家要自然，自己則用真身眼一直盯着駕駛艙的艙門。蓋伊找到了個「好地方」，應該不會再亂跑了，也許是他狡猾，覺得博士他們不會搜查駕駛艙，也許是他根本就想躲進駕駛艙，博士一旦找來，馬上挾持機長，也許兩種盤算都有。不過無論如何，他就在那裏，着陸前博士是不想去惹他了。

休息室裏，大家小聲地說話，唯恐被巫師聽到似的。本傑明和保羅一直在那裏小聲嘀咕着什麼，海倫坐在博士對面，看上去還算輕鬆。

　　大衛也找了張椅子坐着，這次事情，是他這輩子第一次碰到，他堅決認為這是第一次，也是最後一次，今後再也不會遇到這樣的事情了。

　　等待，讓大家都有種漫長而難熬的感覺。波音777客機依然高速前進，一點沒有減慢速度，時間在一點點的流逝……

　　大衛身邊的電話響了，他連忙拿起電話，說了幾句話，隨後放下了電話。

　　「機長打來的，問有沒有抓到巫師。」大衛走過去，靠近博士壓低聲音，「我和他說你判斷巫師已經不慎掉下飛機了。」

　　「很好。」博士眉毛一揚，他也壓低了聲音，「機長會傳話給副機長，蓋伊聽到，會更加放鬆警惕的。」

　　說着，博士讚許地拍了拍大衛的肩膀，大衛很高興地坐下了。

　　本傑明和保羅還是在那裏嘰嘰咕咕的，也不知道他們在說着什麼。

　　就在這時，飛機上的指示燈亮了一下，隨即，一把聲音傳了出來。

　　「各位親愛的乘客，本次航班就要到達目的地倫敦，現在飛機將要開始下降，請乘客們繫上安全帶，不要隨意

走動……」

英航282航班轟鳴着，巨大的機身從藍天上劃過，下面，已經是英格蘭的大地了，天已經大亮，空中沒有什麼雲，能見度極好。

機組休息室裏，大家都繫上安全帶，他們已經明顯感覺到了飛機正在下降，地面上的景物越來越清楚了，博士看了看手錶，然後對海倫和本傑明點點頭。

海倫和本傑明把手伸給了博士，按照計劃，博士將真身眼傳遞給他倆——蓋伊在停機後肯定會隱身逃跑，海倫和本傑明要接收了真身眼才能看到他。

「我也要看見那個傢伙。」保羅小聲地說，隨後，他把爪子搭在本傑明的手上。

博士稍微遲疑了一下，不過他馬上點點頭，他把手搭在小助手的手上，開始傳遞魔法。

飛機呼嘯着開始着陸，然後開始在地面滑行，飛行速度減慢之後，博士鬆開了手，這次傳遞，三個小助手都獲得了十幾分鐘使用真身眼的功能。

英航282航班安全抵達機場，在地面的滑行速度也逐漸慢了下來。

「海倫。」博士輕輕地叫了一聲。

海倫點點頭，她唸了句口訣，大半個身子一下探出了

客艙外，她身體探出去後，死死地盯着機頭下方，因為博士判斷，飛機一旦減速滑行，蓋伊就可能跳機逃跑。

機艙外的風把海倫的頭髮吹了起來，她目不轉睛地看着機頭的下方。飛機開始向停機下客的棧橋駛去，快到棧橋的時候，突然，一個發虛的人形一下從機頭下方跳了下去，那人落地後就地一滾，向機場大樓方向跑去。

海倫趕緊也跟着跳了下去，博士和本傑明立即都唸了句穿牆術口訣，跟着跳了下去。

蓋伊拚命奔逃，身後的海倫緊緊追趕，蓋伊猛地發現自己被追趕，他慌了起來，用盡氣力逃命，海倫發出一枚凝固氣流彈。

氣流彈「啪」的一聲，命中了蓋伊的肩膀，他大叫一聲，倒在地上，但很快翻身而起。

「火雷——」蓋伊唸了句口訣，只見一枚紅色火球直直地射向海倫。

海倫一驚，剛想躲避，這時，一堵無影鋼鐵牆擋在她的身前——博士出手了。

「轟——」的一聲，火球撞在鋼鐵牆上，立即爆炸。

「啊？」蓋伊看到自己的殺招被擋住，轉身又跑，長時間的隱身會消耗巫師的氣力和法力，此時，他感到有氣無力，速度慢了下來。

　　蓋伊的身後，三名魔法偵探已經大步趕來，蓋伊絕望
了。正在這時，一輛汽車開來，那是一輛救護車，它正駛
向不遠處剛剛停好的英航282客機。救護車是來接收抗毒
血清的，機場方面為了救人，為這輛車開闢了快速通道。

　　救護車司機在一名機場人員的指揮下，開車前進，
他們突然看到了一個火球爆炸，還有三個人向自己這邊跑
來，絲毫沒有停下的意思，司機嚇了一跳，連忙停車。

　　車剛停下，忽然，車門莫名其妙地被打開了，司機被
一隻無形的手拉出了駕駛室。

　　「不要過來，否則我殺了他！」蓋伊歇斯底里地喊
道，他把司機劫為人質。

　　「啊，怎麼回事？」司機驚叫起來，他感覺到自己被
人抓着，但是看不見那人。

　　「不要傷害他！」博士大聲喊道，他停下了腳步。

　　「不要過來，放我走──」蓋伊氣急敗壞，他原以為
已經脫身了。

　　博士和小助手都停下了腳步，他們呈半包圍態勢，圍
住了蓋伊。

　　「不要過來，否則我……」蓋伊繼續喊着，突然，他
慘叫一聲。

　　只見蓋伊的臉上，插了一個不明物體，巫師那暗紅色

的血一下就流了出來，那血可不是隱形的。蓋伊捂着臉，手鬆開了被劫持的司機。

博士見狀，飛身到了半空，居高臨下一腳踢去，把蓋伊踢翻在地。海倫衝上去又猛踢一腳，蓋伊當場就暈了過去。

本傑明走過去，從蓋伊的臉上拔下一支鋼筆。

「都是血，真髒。」保羅搖着尾巴走了過來，惋惜地説道，「扔了吧。」

「不行，這是海倫的。」本傑明説道。

「本傑明，啊……這不是我剛才借給你的鋼筆嗎？」海倫瞪大了眼睛，大聲地問。

「嘿嘿嘿……」本傑明狡黠地笑了，「這是保羅和本傑明的非常規戰術！」

鋼筆是保羅射出的，他沒帶導彈，但是身上的導彈發射裝置有極大的彈射性，剛才保羅在機組休息室的時候，和本傑明抱怨說這次擒拿巫師，自己一點力都出不上，本傑明突發奇想，向海倫借了一支鋼筆，把鋼筆裝在保羅的發射器上，剛才蓋伊劫持人質，根本就沒有注意躲在博士身後的保羅，保羅看準機會，一下就把鋼筆射在巫師的臉上。

無論怎樣，本傑明和保羅立了功，博士誇獎他倆，本傑明嬉笑着對海倫說了幾句好話，海倫的氣算是消了，不過她捏着那帶血的鋼筆，感到噁心死了，她可是有潔癖的。

被劫持的司機沒受一點傷，博士叫他馬上去接收血清。正在這時，又有一輛車開來，博士一看，正是英格蘭魔法師聯合會的車。

「嗨，我在這裏。」博士招了招手。

那輛車馬上開了過來，停車後，上面跳下來四名魔法師。

「把他帶走。」博士指了指地面，「你們要唸真身眼的口訣才能看見，他隱身着呢。」

尾聲

博士幾人回到了飛機上，和機組人員告別。邁爾斯聽說剛才巫師就在他身後，目瞪口呆，不過現在好了，巫師已經被抓住帶走了。

魔法偵探們拿好各自的行李，高高興興地下了飛機，他們出了接機口，向機場大樓的出口走去，現在他們回到了倫敦，還順便在飛機上抓了個巫師，感覺真是很妙呢。

「……是，還在堵車嗎？那好，我等你們……」一把熟悉的聲音傳來，接機口那邊，鄧尼斯正在打電話。

「嗨，鄧尼斯。」海倫興奮地向鄧尼斯招招手。

「嗨，你們好。」鄧尼斯看到大家，也很高興，他走了過來，「怎麼樣？那個傢伙被抓起來了？」

「是的，真是要謝謝你。」博士連忙說。

「沒什麼。」鄧尼斯笑了笑。

「啊，鄧尼斯先生，你說自己是荷里活的明星，可我……我真想知道你演了哪部電影。」海倫笑嘻嘻地說，「你就告訴我答案吧。」

「好吧，就告訴你吧。」鄧尼斯說道，「那可多了，

《加勒比海盜》、《星球大戰》……」

「啊？《加勒比海盜》？」海倫叫了起來，「你難道是尊尼狄普？」

「哈，誰説我是他了？」鄧尼斯聳聳肩膀，「我出演一名海盜，有個大場面，從熒幕左面數第十七個海盜就是我，星球大戰裏我演一個外星人，出鏡三次，加起來有十幾秒鐘的鏡頭呢……」

「啊，原來你是……」海倫和本傑明都恍然大悟，博士也被逗得笑了起來。

「茄喱啡。」保羅接過話，大聲地説，他都忘記博士不讓他説話的叮囑了。

「哈，你果然會説話。」鄧尼斯摸摸保羅的頭頂，「我從小就喜歡演戲，但是在荷里活好像沒什麼機會，我朋友介紹我來倫敦試試舞台劇。」

「你演得很棒。」博士誇讚道，「蓋伊一點都沒有看出來你是在演戲，你面對的是一個巫師，荷里活的大明星遇到這種情況，發揮也不一定有你好，你一定會成功的。」

「噢，謝謝。」鄧尼斯感激地望着博士，「那麼……祝我好運吧。」

「你在哪裏演舞台劇？我要去捧場。」保羅在本傑明

的懷裏，興沖沖地說道。

「哈，有你的捧場，我想不紅也難。」

「轟——」大家全都笑了起來。

機場大堂裏，明媚的陽光射向那些行色匆匆的旅客，倫敦希思羅國際機場，永遠都是這樣繁忙。

麥克警長，蘇格蘭場（倫敦警察廳）高級督察，南森和警方的聯絡人，也是一名大偵探，屢破奇案。當然，他所偵辦的都是人類世界中的案件。一起來看看他偵辦過的案件，運用你的推理能力，想一想他是如何破案的呢？

錢在哪裏

　　麥克警長下班後，經過一家超市，去裏面買了點東西。他走出超市門口，轉到街上，要步行回家。不過他的前面，有兩個人好像發生了爭執，聲音越來越大，還有些拉扯，麥克警長連忙上前。發生爭執的是兩個男子，一個三十多歲，穿着夾克，另一個二十多歲，身穿一身運動衣。

　　「怎麼了？不要吵——」麥克上前把兩人分開。

　　「噢，警長先生來得正好，我正要報警呢。」三十多歲的男子説，「我叫萊德，我剛才去超市買了些東西，我夾克的右側口袋裏一共有五百鎊，全是五十鎊鈔票，一共十張，在超市裏用了不到五十鎊，找了點零錢。我把九張

鈔票全部放在口袋裏，還有一點零錢，錢不是放在錢包裏的，就直接放在口袋裏，走出來沒多久，這個人就靠了上來，我感覺不對，發現口袋裏的九張鈔票全都不見了，只剩下一些零錢，一定是這個人靠過來把我的錢偷走了。」

「警長先生，我叫斯科特，你不要聽他亂説。」二十多歲的男子説着，並調整了他戴着的棒球帽，「是這樣的，我確實在他的身後，他走路太慢了，我其實是想超過他，可是他卻一把拉住我，説我偷了他的錢，真是豈有此理……」

「你不要狡辯，就是你偷了我的錢，叫這位警長先生把你帶到警察局，一搜就搜出來——」萊德激動地喊着。

「不要去警察局，就在這裏搜——」斯科特毫不示弱，説着，他把所有的口袋都翻出來，把手機等拿在手上，瞪着萊德，「這手機不是你的吧？這二十鎊零錢不是你的吧？這鑰匙不是你的吧？來，當着警長先生的面，你來搜，隨便搜，自己把口袋拉鍊拉了一小半，錢掉出去了，還説是我拿走的，來呀，搜不出來我可不答應——」

「這、這……」萊德看斯科特把口袋都翻出來，沒有自己的錢，頓時有些猶豫了。

「等一下。」麥克看看斯科特，「你盯着人家的口袋看什麼？」

「啊？」斯科特愣住了，「你説什麼？」

「你不盯着人家的口袋，怎麼知道人家的口袋拉鍊拉了一小半，知道得真多呀。」麥克冷笑着説，「你就是這樣看到人家口袋裏有錢的吧？」

「我……」斯科特哆嗦了一下。

「行了，我知道你把偷走的錢放在哪裏了。」麥克説着就找出了錢，萊德的錢就是斯科特趁其不備偷走的。

請問，麥克在哪裏找到了萊德的錢？

魔幻偵探所 11

九霄驚魂（修訂版）

作　　者：關景峰
繪　　圖：陳焯嘉
責任編輯：葉楚溶
美術設計：李成宇
出　　版：新雅文化事業有限公司
　　　　　香港英皇道499號北角工業大廈18樓
　　　　　電話：（852）2138 7998
　　　　　傳真：（852）2597 4003
　　　　　網址：http://www.sunya.com.hk
　　　　　電郵：marketing@sunya.com.hk
發　　行：香港聯合書刊物流有限公司
　　　　　香港新界大埔汀麗路36號中華商務印刷大廈3字樓
　　　　　電話：（852）2150 2100
　　　　　傳真：（852）2407 3062
　　　　　電郵：info@suplogistics.com.hk
印　　刷：美雅印刷製本有限公司
　　　　　九龍觀塘榮業街6號海濱工業大廈4字樓A室
版　　次：二〇二〇年二月初版

ISBN：978-962-08-7449-9
© 2011, 2020 Sun Ya Publications (HK) Ltd.
18/F, North Point Industrial Building, 499 King's Road, Hong Kong
Published and printed in Hong Kong

魔幻偵探所